生命本身就是一次绝美的舞蹈

艺术启蒙卷

肖 川 主编

西南师范大学出版社
全国百佳图书出版单位　国家一级出版社

图书在版编目（CIP）数据

生命本身就是一次绝美的舞蹈：艺术启蒙卷 / 肖川主编． — 重庆：西南师范大学出版社，2016.9
ISBN 978-7-5621-4955-2

Ⅰ．①生… Ⅱ．①肖… Ⅲ．①散文集－中国－当代 Ⅳ．①I267

中国版本图书馆CIP数据核字(2016)第231749号

生命本身就是一次绝美的舞蹈：艺术启蒙卷
肖　川　主编

责任编辑：	张燕妮
特约编辑：	范晨霞
封面设计：	红土月工作室
出版发行：	西南师范大学出版社
	地址：重庆市北碚区天生路2号
	邮编：400715　市场营销部电话：023-68253705
	http://www.xscbs.com
经　　销：	新华书店
印　　刷：	重庆华林天美印务有限公司
开　　本：	720mm×1030mm　1/16
印　　张：	10.25
字　　数：	146字
版　　次：	2016年11月　第1版
印　　次：	2018年4月　第2次印刷
书　　号：	ISBN 978-7-5621-4955-2
定　　价：	22.00元

若有印装质量问题，请联系出版社调换

版权所有　翻印必究

目 录

001 第一章
点，生命色彩

002 "红花墨叶"见本色
　　——欣赏齐白石的《菊酒图》／张德宁
004 中国画的诗情画意
　　——谈花鸟画的意境和寄物抒情／彭丽群
007 美丽＋神秘＋艺术＝西藏唐卡／徐中孟
010 范宗翰／孙方友
013 陶瓷之生命礼赞／胡智勇
015 青花瓷：自顾自美丽／张　以
019 李汉荣经典散文诗二章／李汉荣
021 从凤翔木版年画看民间传统美术创作的生命
　　／李双鱼　刘子建
024 祖冲之的胡子和蒙娜丽莎的微笑／邹艳霞
026 凡·高的艺术与生命的张力／刘发开
029 自画像／雪小禅
032 中国京剧脸谱艺术／余　静
035 用艺术诠释"生命"／杨富智

039 第二章
塑，人性形态

040 两晤卢舍那大佛／林　非
043 木雕的生命／东方一羽
045 化泥为陶，千古留情／汤　虎
047 华表史话／刘惠琴
050 民族建筑的生命之美／达　舒
052 美丽的皇家园林／王瑞萍
054 盆景艺术的相通共融／谢荣耀

057 有山在而水自流 / 姚 伟
060 漫谈中国风筝艺术 / 刘 卉
063 中国民间剪纸 / 闻华旺
065 弗拉明戈：流浪者的舞蹈 / 李舒岩
068 吹糖人 / 吴 锦
071 皮 影 / 周书畅
074 《牵手》——残缺演绎的完美 / 方 慧

079 第三章 奏，生活音弦

080 古琴的修身与养生 / 含羞草
083 仙乐飘飘的洞箫，清远寂寂的心音 / 飞叶小猪猪
086 洞 箫 / 龙天然
088 二胡，江南文化中生长的一棵树 / 刘德福
091 听 泉 / 韩静霆
093 漫话中国民间乐器的性格 / 佚 名
095 乐器真的会有情感吗 / 苏玉成
098 秦人秦腔 / 煮酒人生
100 音乐如生命，生命如歌 / 佚 名
103 音乐，生命的历程 / 红尘梦雨
106 花前抚空弦 / 罗 兰

第四章

品，艺术神韵

110 敦煌神韵 / 唐正鹏
113 大任神韵 / 佚　名
116 古琴之美 / 孙亚娟
119 国画的神韵 / 松间明月
122 读　画 / 梁实秋
124 箫音琴韵 / 松　韵
127 浅析京韵大鼓艺术成就 / 齐向军
130 女子"身韵"中的古典气质 / 陈　静
132 浅析舞蹈中眼儿"媚"艺术表现 / 舒　娜
135 中国的旗袍文化 / 采桑子
138 人生的戏曲 / 郭麒尔
140 生命本身就是一次绝美的舞蹈 / 阳　氏
142 谈相声艺术 / 方　成
145 我父亲马三立的相声艺术追求 / 马志明
148 那些听评书的日子 / 灵果
151 电影《生命因你而精彩》 / 佚　名
153 我看舞蹈的美 / 梁　衡
156 中国结 / 蔡昱良

第一章

点，生命色彩

　　世间万物，都以生命的状态栖息在多彩的大地上。五彩斑斓是生命的容颜，亦真亦幻是生命的奇妙，赏心悦目是生命的气质，生机勃勃是生命的活力。每一个跳跃着的生命，都有着一种绚烂的色彩，生命的可贵不在于色彩点染了生命，而在于无形的色彩幻化在有形的生命之中。世界因生命而永恒，生命更因多彩而美丽。

"红花墨叶"见本色

——欣赏齐白石的《菊酒图》

张德宁

以菊入酒,我国早在汉魏时期就已盛行。菊以其旺盛倔强的生命力,在秋风萧瑟、万木凋零的时节,独自开遍山野。古人欣赏菊的这种不畏严寒、特立独行的习性,将它敬为"四君子"之一。民间流传制菊酒的方法,是在菊花初开时,将花瓣和一些青翠的枝叶一同采下,掺和在用来酿酒的粮食中,经过一年的配制,至第二年的九月九日重阳节时饮用,具有祛灾祈福、延年益寿的功效,于是饮菊酒成为民间重阳节"佩茱萸,食莲耳,饮菊花酒,令长寿"的风俗之一了。

此《菊酒图》的题旨,无疑也包蕴祛灾纳福之意。然而,与陶渊明的"采菊东篱下,悠然见南山"已全然不在同一个境界了。与其他画家画菊多以黄色为主色不同,齐白石选用热烈的红色,于是原本象征萧瑟寒冽节气的菊花,充满了喜气,没有了陶渊明诗句中洋溢着的冷峻野逸的文人感怀。

1864年,齐白石出生于湖南湘潭杏子坞星斗塘一个贫苦农民家中。幼时家贫失学,6岁时在外公的私塾读书半年,14岁开始学做木匠,拜"小器作"(雕花木匠)周之美为师。18岁那年,初见乾隆版彩印《芥子园画传》,花了半年时间勾摹成16册图稿,从此他的木雕常出新样。24岁开始,他先后师从画像名手萧芗陔、民间画师文少可,复拜画家胡沁园学画工笔花鸟,并从塾师陈作埙学诗文,眼界大开。26岁后独立,以卖画为生,成为职业画家。他在社会活动中,十分重视与文人、画家、名流和士绅的交往,虚心好学,并积极参与文人的集会、结社。32岁时受胡沁园老师亲戚王仲言的影响开始专研篆刻。其后20年，齐白石"五出五归"，足迹遍及大江南北，广交名士，观摩名作，印、画大进，声誉渐起。

1917年，齐白石53岁，为躲避家乡的战乱，他第二次北上北京，居于广安门法源寺，以在琉璃厂南纸店挂笔单卖画、刻印为生。这一次，他遇到了推动其画艺迈向顶峰的"贵人"陈师曾。陈时任教育部编审，曾在北平艺专等校任国画教授。他在琉璃厂见到齐白石的刻印，非常欣赏，就特地到法源寺寻访，两人谈画论印，成为挚友。陈师曾启发他"画吾自画"，扬长避短，自出新意，而齐白石自己也正有变革画风的意愿，于是，他毅然放弃以前的画法。"余作画数十年，未称己意，从此决定大变，不欲人知，即饿死京华，公等勿怜，乃余或可自问快心时也。"经历了一段"扫除凡格""胆敢独造""十年关门""匠心自得"的艰苦蜕变，终于打造出适合自身本质的"红花墨叶"的齐家样式。后人谓之"衰年变法"。其时正当"五四"后社会寻求新的"雅俗共赏""通俗化"的绘画新风，于是时势造英雄，齐白石以民间艺术为基础，又具传统绘画深厚功力的新画风脱颖而出。

《菊酒图》正完美地体现了这种新风格。虽说齐白石出身于民间工匠，但他从一开始就十分倾心于文人画的传统理念，这表现在他对笔墨技巧的高超的驾控能力上，如图中菊花花瓣的勾勒，花篮及酒坛提手的粗浓线条的勾画，菊叶、酒坛的点戳，以及题款书法的纵横，以其特制的10厘米长锋羊毫"当家笔"挥洒，铁画银钩，枯湿浑成，极具功力；还表现在构图上对留白、虚实、错落、聚散的处置，尤其是对诗、书、画、印的综合运用，立意、巧思、隐喻、联想，对物象的"似与不似之间"的把握，齐白石确有别出心裁、高人一筹之处。此图以圆形的花篮居下，花、叶皆勾线，浑厚敦实，高高的酒坛用色笔以没骨法点戳，简括生动，映衬右后，左上空间题款，而图右下方的空白处盖两方闲章，印虽小而朱红夺目，与上面落款的名章遥相呼应。菊花鲜艳的洋红色，与印章的朱色、酒坛的艳色合成画面的暖色基调，与粗犷浓黑的墨线在白纸上构成对比强烈却又浑然一体的视觉感受，让观者精神为之一振。红、黑、白三色的组合，其实是一种非常现代的黄金组合。这就是齐白石的"红花墨叶"新画风。

图上题款："寄萍堂上老人白石八十五岁作"，时1945年，其实此年他的实际年龄是81岁（虚岁83，民间常用虚岁计算年龄）。1937年，齐白石73岁，他请人相命，为图吉避晦，从此自增两岁。"七七事变"后，北平沦陷，老人性情耿直，耻与日伪新贵交往，为免人来骚扰，在门上贴告示"停止卖画"。1945年8月，日本宣布无条件投降。虽不知此图作于何月，但即使在前，日本的败象已露，饮菊酒以庆贺，也当其时也。

（文章收入本书时有删改）

悦读指津

在秋风萧瑟、万木凋零的时节，唯有菊以其倔强的生命力，旺盛地开遍原野。齐白石先生用其别出心裁、高人一等的技法画出创意，一改原本象征萧瑟寒冽的菊花色彩——黄色，精心创作了"红花墨叶"的《菊酒图》。在当时灾难深重的年代里，此画以预示祛灾纳福的红色，展现了齐老耿直、坚毅、清高的人格魅力。"画吾自画"齐白石，"红花墨叶"真君子。

中国画的诗情画意
——谈花鸟画的意境和寄物抒情

彭丽群

中国画艺术源远流长，是我国优秀的民族遗产。随着国家的改革开放和人民生活水平的提高，越来越多的人开始喜欢中国画。

在唐代以前，中国画是不分门类的。唐代开始分为山水、花鸟和人物三大门类。其中，花鸟画包括花卉、飞禽、走兽、昆虫、鱼介等。

欣赏中国画可以增长知识，陶冶情操，提高思想，鼓舞精神，丰富文化生活，获得美的享受。中国画以它独具的艺术语言，把凝重的时代痕迹、遥远的时尚空间、古朴典雅的艺术感染力，浓缩于赏心悦目的咫尺之间。通过欣赏中国画，可使工作的劳累、人世的喧嚣，顷刻间化解。

唐代王昌龄首先提出中国画"意境"的概念。其后，"意境"成了中国艺术审美特征的高度概括，成了中国美学最重要的概念之一。

意境是艺术的灵魂，是客观事物精粹部分在作品中的集中，是作者在文化背景中感受、吸收，加上自身经历的体会和思想感情的陶铸，经过高度艺术加工，达到情景交融，从而表达出来的艺术境界。中国花鸟画的意境，来自诗情画意的审美追求和缘物寄情的表现手法。

多彩多姿的自然形态，鸟语花香构成的独特境界，表现出宇宙生命的无限活力。以花鸟自然美为描绘对象的花鸟画，展示了人们对大自然中动植物的深刻理解和深厚情感。

中国花鸟画富有现实主义和浪漫主义精神，是画家对自然生命和自然精神、自我生命和自我精神、社会生活和喜怒哀乐情感发泄的媒介。通过花鸟画中物象的象征和比拟，可以托物寓志、借景抒情来说明作者的意图。艺术作品之所以能够从精神上影响人，不单单在于它描写了什么事物，更在于其中显示了创作者对这些事物的态度、理解和感情。绘画作品具有教育功能和审美功能。好的绘画作品反映出的画家的正确观点是推动社会前进的动力。花鸟画的创作规律，就是画家以造化为师，对自然界的花木鸟虫的物态、物情进行精心观察，感物而动，动情生意而成像，再经惨淡经营，挥毫成画。不是自然界中的花鸟有什么感情，而是艺术作品中花鸟的美震动了人们的内心世界。

梅、兰、竹、菊，被人称为"四君子"，分别寓意傲、幽、坚、淡的品质。人们对梅、兰、竹、菊诗一般的感受，是以深厚的民族文化精神为背景的。梅、兰、竹、菊占尽春、夏、秋、冬，中国文人以其为"四君子"，正表现了文人对时间秩序和生命意义的感悟。梅高洁傲岸，兰优雅空灵，竹虚心有节，菊冷艳清贞。大凡生命和艺术的"境界"，都是将有限的内在的精神品性，升华为永恒的无限之美。

元朝画家王冕题《墨梅》"我家洗砚池头树，朵朵花开淡墨痕。不要人夸颜色好，只留清气满乾坤"，清朝郑板桥题《风竹图》"衙斋卧听萧萧竹，疑是民间疾苦声。些小吾曹州县吏，一枝一叶总关情"，体现了画家抒发情怀和关注现实的态度。齐白石在日寇铁蹄蹂躏中华大地时，曾画过一幅张牙舞爪的螃蟹，题为"看你横行到几时"，比喻巧妙，寓意深刻。徐悲鸿为"野马社"画马，题"直须此世非长夜，漠漠穷荒有尽头"，新中国成立后画的一幅马，就题"山河百战归民主，铲尽崎岖大道平"。同样是马，因为人格化了，不同时期有不同时期的立意，都是通过生动的形象，引起观众的共鸣从而起到教育的效果。这种教育效果是通过感情的渗透而形成潜移默化的作用，不是立竿见影的说教。

画家按照自己的审美理想，在作品中塑造出艺术形象，置于一定的环境之中，告诉人们什么是美的，值得颂扬；什么是丑的，需要鞭挞，从而达到陶冶人的性情、增强人的审美能力的目的。

人们常用"诗情画意"和"诗中有画，画中有诗""诗是有情的画，画是有形的诗"来描绘诗和画的最高境界。"诗情"就是诗中的意境，"画意"就是画中的意境。画家所追求的诗意，就是如何使自己的主观感受深深打动观者而不停留在形体上的再现对象。艺术既然应该较之生活更高，那么它不仅在内容上要发掘现实事物的本质，提炼、概括、择取精华以构成典型，同时在表现上，也要对自然的形式加以改造。要求形式上高度的完美，以期更鲜明、准确、生动地表现内容，并予以观众美的享受。生活的情景，自然的风物，经过一番整顿和安排，已不再是现实的写照，其间渗透着作者的心灵、才华、情感、人品、学养、情趣、想象力和艺术素质。因此，绘画作品中诗意的高低深浅，因作者的思想境界和艺术修养而异。画家缘物寄情、托物言志，处在不同时代、不同社会便怀有不同的情思，即便是寄托同一描绘对象，所流露出来的思想感情也往往会不同。

欣赏是绘画艺术作品实现社会作用的中间环节，是联系画家和接受者的桥梁。不同的天赋、兴趣、爱好、文化、经历及艺术修养等因素，成为欣赏者的综合素质，其素质越高，欣赏水平越高，就会认识和喜欢比较好的绘画作品，就容易理解和接受艺术作品中画家的情感和作品的感染力。欣赏者还会触景生情，由此产生出许多想象和联想。这些想象和联想，又补充和升华了画家所表达的意境，从而产生出新的艺术效果。

（文章收入本书时有删改）

悦读指津

古朴典雅的中国画，是中华民族的传统艺术。欣赏它，不仅能够陶冶情操，更可以在其意境中抓住中国艺术的灵魂。画家，从感受到贯注，再到情景交融后的作画，一点一染间尽把对大自然的理解与感悟描摹出来。画作在精神上感染人们，使欣赏者触景生情后，在内心世界产生出更多的联想与想象，进而补充和升华了艺术的第二次生命。

美丽 + 神秘 + 艺术 = 西藏唐卡

徐中孟

唐卡，也叫"唐嘎""唐喀"，是藏文的音译。它是刺绣或绘画在布、绸或纸上的彩色卷轴画，是极富藏族文化特色的一个画种。西藏唐卡绘画的历史可追溯到公元7—8世纪，受到邻近的印度、克什米尔与尼泊尔等地艺术的影响，再加上中土的文化刺激，最后自成一格，创造出世界独有的文化艺术。

唐卡在汉语中是"卷轴画"的意思。而唐卡除绘制外，还有刺绣、编织、剪贴、版印等形式。唐卡的形式与游牧部族的生活经历有关。藏民在辽阔而荒凉的高地上逐水草而居，裹成一卷的唐卡成为随身携带的庙宇。毕竟，唐卡比塑像更轻，也不同于壁画，无论走到哪里，只要把唐卡系挂在帐篷里，哪怕是一根树枝上，就能成为一种象征，让藏民们祈祷、礼拜、观想，或保佑去世的亲人。唐卡的大小尺寸一般没有固定的规格限制，有的大如足球场，有的小至十几厘米。西藏各著名寺庙都有大型唐卡一两幅，如甘丹寺、哲蚌寺、扎什伦布寺都各有一幅，每年举行一次展佛活动。至于形制，最常见的是长条式的，少见的是横轴式的，正方形的格式主要用于坛城绘画中。

唐卡的内容

唐卡从绘画内容和题材来看，主要是绘画佛、菩萨、天女、度母、金刚护法、坛城供品等，同时也涉及史诗、神话故事、传记人物、社会生活风情、建筑艺术等。藏人除了把唐卡送进寺院供奉外，也会留在家里的经堂，或挂在客厅、住室内，既做圣物供奉，也做装饰用。有人说："唐卡是西藏社会的百科全书。"藏人的一生，似乎离不开唐卡。一个人自出生、居家出门、生病有灾、红白喜事，不论欢乐或悲伤，都要请画师绘制唐卡，凭此请来有关神佛，既可得其庇护，福上加福，也可消灾免祸。

唐卡画师

藏人把唐卡画师统称为"拉日巴"，意思是画佛或神的人。他们手中都有一份世代相传的范本，须得遵循。这范本往往隐匿于密存的经典中，记载着至少八种成套的造像尺度，无论是姿态庄严的静相神佛，还是神情威猛的怒相神佛，所有的造像都有相应的比例，不得修改。传统的西藏唐卡画师，每天晚上都要背诵佛经和比例，作画时还边画唐卡边念经。很多时候，一幅唐卡至少要画上一年才能完成，有的局部需要用放大镜才能看清楚。可现在的一些画师因为缺乏耐心，只图快，所以水准自然差了很多；更有一些不良画师，没有经过正规的唐卡训练，就东施效颦，往往两三天就能画好，其品质甚是低劣。可惜现在市场上到处充斥着这类唐卡，所以在鉴选时，须特别小心。

艺术品投资——西藏唐卡

艺术品投资市场潜力巨大，由于艺术品本身具有审美功能、投资功能和交际功能，故日益为社会各阶层人士所看重。据统计，艺术品的投资是最稳妥、获利最丰富的投资，以美国近10年来投资赢利率为例，房地产4.7%，金融投资17%，艺术收藏品则高达24%。

西藏唐卡的价值主要在于：艺术价值、宗教价值、教学价值、西藏文化价值及投资收藏价值。在西藏，藏传佛教有两大宝物，其一为天珠，而另一则为西藏唐卡，这使得西藏唐卡更加名贵及神秘了。目前在市场上虽然可以看到有唐卡出售，但90%以上均非使用西藏的传统技巧绘画，加上好的唐卡画师难寻，所以一张好的唐卡是极具投资及收藏价值的。

（文章收入本书时有删改）

悦读指津

美丽，是她如刺绣、版印般色彩鲜丽，是画卷；神秘，是她同天珠一样有着高贵的地位，是圣物；艺术，是她具备多种绘画技巧及审美价值，是艺术品。西藏唐卡，承载着西藏浓郁的地方特色，同时又是世界上独有的艺术宝藏，是稀世珍品，更是传世之宝。

范宗翰

孙方友

范宗翰，陈州德化街人。自幼失音，但酷爱绘画。由于孜孜不倦地勤学苦练，终画得一手好丹青。无论花卉、芦雁或兰石，所画之物无不栩栩如生。一次，他的侄女出嫁，求他画幅画，他信手画幅蝴蝶，因急于取走，他让侄女把画放在院中平地上晾晾水气，不料画刚放在地上，群鸡就争相食之。范宗翰最喜画芦雁，所绘之雁形态各异，在芦苇中或飞或卧或寝或嬉……无不惟妙惟肖。

很小的时候，范宗翰就非常孝顺。据说，他父亲好赌，昼出晚归，他总是坐在大门口等父亲回来，有时等到天亮父亲也不回家。后来，父亲终于被他感动了，发誓永不再赌，断指为训。

邻里乡亲皆夸范宗翰是天生奇才。

范宗翰涉猎画种很多，但最令人称奇的还是雁。据传他能画一百只雁不重样，可谓炉火纯青了。但令人奇怪的是，他最出名的画不是以雁或芦苇为主题的，而是一幅《雪梅图》。顾名思义，《雪梅图》是以雪和梅为主调的。画上还有题词，为点睛之笔。四句题词是"连枝并萼出银塘，吻颈鸳鸯蒂自双，最是可人清绝处，影和明月上纱窗"。画上的意境是一个大雪纷飞的夜晚，一株美丽的梅花生长在银白色的池塘内，一对文静的小鸟卧在上边。整个画面是陶醉的雪夜，洁白的雪光，月夜的影子照在纱窗上，静得令人入禅。这是一幅水墨写意画，作者没有用大雪纷飞而是用灰暗的背景烘托雪夜梅花的可爱，又用两只文静的小鸟来突破画面的单一，进而表现雪夜之静谧，可见颇费匠心。图中久经风雪的梅枝画得苍劲有力，那拔地而起、冲天长出的旺盛新枝更是画得精力充沛、生气勃勃，仿佛饱含着某种欲望，令人想入非非；那刚劲的笔锋，润墨的恰当，把梅花和小鸟画得栩栩如生；那严谨的笔法，显示出他的笔无虚落，保持了画面艺术的完整，从而使这幅画成为陈州传世精品之一。

只可惜，画上的两只小鸟没有舌头！

范宗翰所画的动物统统没有舌头！

就因为他是哑巴！他画出了有口不能言的痛苦。

为画好芦雁，范宗翰常划着小船到城湖深处去观察雁的习性。陈州城湖很大，万亩有余。范宗翰每回出湖，皆带着干粮和茶水。有时候，他能像当年等父亲赌博归来一般一坐一个通宵。范宗翰称这种观察为"读雁"。大意就像郑板桥门前看竹一样，需烂熟于心。只有烂熟于心，把雁注入灵魂之中，才能下笔如有神，才能画百雁不重样。在湖中的读雁观雁，要的是耐心。因为雁灵敏，稍稍一动就会惊飞。范宗翰每次进湖看雁，均要化装一番，周围用芦苇伪装，然后把船划到芦苇荡内，大气不出，静坐许久，直至雁累了，飞走了，他才稍稍活动一下筋骨，然后又静下来，等着雁的回归。

人人都说范宗翰能画一百只雁不重样，但他自己心中很虚，因为他从来没有在一张画上画过百雁。虽然别人没有认真过，但他自己却常常跟自己较劲，决心要画一张《百雁图》，决不能徒有虚名。一天，天将黑，他将自己关在屋内，铺开了一张大纸，很认真地开始画雁。起初，他画得很顺利，几乎是几笔就勾出一只，而且神态各异，跃然如飞。不料，画过半百之后，脑际中的"熟雁"逐渐减少，为不雷同，他画出一只，与纸上画过的挨个儿对照，直到"特别"了，才让其加入"雁群"。就这样搜肠刮肚，自认"黔驴技穷"了，数一数，才画出八十只不重样的雁。范宗翰很是惊诧，当下就撑船下了湖。

从此，范宗翰再也没有回来。

家人为寻找范宗翰，雇用了不少渔民，一直找了半个月，才在芦苇深处找到一副骨架。他还直直地望着湖水中的一片岛屿。

不少人皆为范宗翰对艺术追求如此痴诚而赞叹不已，但也有人不以为然。不以为然的人说，百雁画八十为艺术，若填满一百就变成了匠人。艺术需要空白，空白需要天才和灵动！范宗翰毕竟是个残疾人，爱较劲，很可惜！说这话的人也是一位陈州名画家，堪称"陈州一流"。他看过范宗翰的遗作《百雁图》之后，挥笔在角处画了一片芦苇，芦苇中隐约现出一架白骨，然后题词：七窍生雁（烟），一窍生三，三七二十一，二十一加八十，共一百单一，唯一雁有舌，为宗翰先生之灵也！

这幅画自然也就成了传世绝作。范家后人珍藏了许久许久，直到抗日战争爆发，陈州人为保此画，竟丧了一百零一条性命。如此巧合，让人费解。据传此画现在日本，此为后话。

（文章收入本书时有删改）

悦读指津

孝顺的天生奇才范宗翰所绘之雁形态各异、惟妙惟肖，这种奇绝不仅来自天分，还得益于他的通宵读雁。他涉猎画种丰富，所画动物均无舌头，通过画道出了他的无言之苦。而饱经风霜、苍劲有力的《雪梅图》成了他的惊世之笔。气脉注入，方能下笔如有神，范宗翰就是这样对待艺术的。百雁画八十为艺术——艺术需要空白，空白需要天才和灵动！

陶瓷之生命礼赞

胡智勇

陶瓷是什么？简单回答就是：瓷土烧就。再来问：陶瓷究竟是什么？我们去问那些在摊上、店里，脱衣撸表，为求一瓷器的痴者。答：是把胎、釉、火的合作当作生命体的礼赞，不惜舍己而求之。

回望陶瓷的历史，从灰灰的陶，一步一步，披上釉，挂上彩，演变成精致的瓷；仿佛人类的发展一般，从灰色的石器时代，一步步演变到光怪陆离的当下。

陶瓷与人的生活息息相关，饮食、陈设、工具……我们再举不出别的能像陶瓷一样，和人如此紧密相连，被赋予浓厚的感情依托的物质。在英文中，china既代表"中国"又代表"瓷器"，在外国人眼里，中国的陶瓷甚至能与国齐名。陶瓷含蓄而典雅，高贵且温润，它无疑代表了一种物质所能到达的极限高度。

在鉴赏家的眼中，每一件陶瓷无疑都是鲜活的生命，数千年的窑火连绵不断地述说着中华民族火热灿烂的历史；中国五千年的卓越文化和烈烈窑火孕育的陶瓷一路相伴。每一件器物，都是某个文化脉络的代言，都能表现它背后的时代特征。陶瓷就是生命，是人类和大地的结晶。从本质上看，它和人类发展同步，在人类懂得用火时，就开始孕育陶瓷生命，采石、炼泥、拉胚、做胚、修胚、画胚、上釉等繁复的工序，像极了人类十月怀胎孕育生命的过程。瓷器的产出也严格遵循着自然法则：二月开工伊始，泥不断接收着来自各方的营养，加工到十一月，胚体成型，最后历经火的洗礼，生命终于诞生。这个让人期待的过程，在清代乾隆时期，督陶官唐英在给乾隆皇帝绘制的《陶冶图》里，有明确详尽的记载。

陶瓷和人还有很多异曲同工的绝妙之处。直观来看，陶瓷的质地、工艺、装饰和造型艺术都与人有暗合的部位。看陶瓷，它有胎亦有釉：胎仿佛就是人的骨、肉；釉则可以看作人的皮肤。人类拥有多少种基因，陶瓷就有多少种胎体和釉色，作为胎，陶瓷有白胎、黑胎、灰胎、红胎等；作为釉，陶瓷有青釉、白釉、黑釉、窑变釉等，多到难以罗列。作为一位陶瓷鉴赏家，只要懂得如何看陶瓷的胎、釉，就能准确划分出它的基因谱。

我国制瓷工艺的高峰——宋代，划分有定窑系、磁州窑系、越窑系、湖田窑系、耀州窑系、钧窑、汝窑、官窑等，毫无疑问，上述每个窑口、窑系生产出的陶瓷，都拥有完全不同的胎和釉。高明的陶瓷鉴赏家，能够迅速解密胎、釉中的密电码，为它寻找到归属窑口，就像老练的人类学家，能够迅速从人的骨肉、皮肤上，解密出人的生长地。

说到陶瓷的工艺装饰，它的生命轨迹是从简到繁，如同人类的衣物从千万年前的树皮发展到现代的绫罗绸缎一样。陶瓷的工艺成型技术，从盘泥条、模印、辘轳车发展到机压；装饰纹样则从单色发展至多元，单看明、清两代官窑就异彩纷呈：青花、青花釉里红、斗彩、五彩、粉彩、珐琅彩、广彩等，都打上了时代的烙印。反观人类的服饰史，也有类似迅猛发展的轨迹。在陶瓷的造型艺术上，我们会称呼一件器物有口、颈、肩、腹、足等若干部位，而这些称呼，同样都运用在了人体的各个部位上。陶瓷各部位之间比例上的变化，会影响它外观曲线弧度的变化，从这些细小之处，把罐、碗、瓶、尊等器型拉长或缩短，就确切直观地反映了这件陶瓷所处时代的特征，也折射出当时人们的审美取向。这些都是赋予陶瓷生命的、人文的、外在而又最直观的表现。如同人类在历史上，有时喜"燕瘦"，有时爱"环肥"，体现出了当时人们的审美特征。

陶瓷就是一曲生命的礼赞：罐、碗、瓶、尊等之内，白胎、黑胎、青釉、红釉、窑变釉等之中，口、颈、肩、腹、足的深处，都是有机的生命体，它与人类文明的发展同进退、共荣衰。由于数千年的耳濡目染，我们与陶瓷共生，在每个人的身上，都或多或少地有一些基因，陶瓷生命的认知可以说是天生的、本能的。这才能够解释，为何谁都能够赏识陶瓷。但是，只有我们把陶瓷真正作为生命来对待时，它身上所携带的信息才不会僵化，才能活生生地呈现。如此顿悟之后，我们就会在众多的鉴赏家中一跃成为鉴定家，把陶瓷作为朋友，视为贤士，待为美人。如此顿悟之后，再看待元青花鬼谷子下山图罐拍到两个多亿的价值时，便觉得不过是个数字，其贵重高价自有识者评判！

（文章收入本书时有删改）

悦读指津

中国是世界上最早发明瓷器的国家。陶瓷这一历史悠久的中国传统工艺，从简单灰质的烧制陶器演变到如今璀璨陆离的精致瓷器，与人类的发展和进步息息相关。陶瓷的含蓄典雅、高贵温润，无疑代表了一种物质所能到达的极限高度。中国上下五千年的文明史，铸造了陶瓷鲜活的生命，陶瓷会同人类一起共兴荣。

‖ 青花瓷：自顾自美丽 ‖

张 以

"素胚勾勒出青花笔锋浓转淡，瓶身描绘的牡丹一如你初妆……色白花青的锦鲤跃然于碗底……你隐藏在窑烧里千年的秘密，极细腻犹如绣花针落地……"每次听到这首代表现代人对从唐代兴起的青花瓷的描画的歌曲，心中总会浮现出一个轻纱薄雾中深深浅浅的靛蓝色剪影，带着与生俱来的优美典雅，静静地将中国蓝之美推向极致。

元青花，扑朔迷离

学界曾经一度流传着"元无青花"的论断，但当元青花第一次向世人展露真身时，谁都无法相信元青花已出落得如此成熟。正如马未都所说："元青花没有幼年，没有童年，没有少年，当你看见它时，它俨然是一个风华正茂的青年，让人甚至怀疑它的身份。"

元代以前，蓝色是慎用的。唐人偏爱以黄、绿、褐色为主的"唐三彩"，尽管那时已经有了白瓷，也有了将钴蓝料绘制上釉的技艺，还制成了唐青花，但鲜有流传，风格与元青花也相去甚远。

到了元代，蒙古人尚蓝白，以白为吉。据《元朝秘史》记载，元朝人的祖先是一只苍色的狼和白色的鹿相配。苍色就是天之蓝的颜色。青，乃为深蓝色，"青，取之于蓝而胜于蓝"。在白色的瓷胎上绘以青蓝色块的纹饰，便成了举世闻名的青花瓷。而《景德镇陶录》亦记载："陶器以青为贵，彩品次之。"

元朝时期，高度繁荣的元曲作品也成就了元青花的精美，只是这些取材于元曲人物故事的青花瓷已经非常罕见，而中国文化的博大精深在此窥见一斑。

明青花，璀璨绽放

尽管明朝人不相信粗犷豪放的元代人能烧造出如此绝妙的青花瓷，但明朝皇帝对青花瓷的喜爱促进了青花瓷的长足进步。朱元璋建立明朝不久便在景德镇建立了第一个官窑。到了永乐年间，国势强大，郑和七下西洋带去了无数精美瓷器，也带回了西洋文化中的各种纹饰和器皿造型，而这其中最珍贵的是苏麻离青釉料。使用这种进口青钴料在瓷胎上作画，能烧造出浓重晕散的青花效果。

永乐与宣德年间，青花瓷的制瓷风格已完全摆脱了元瓷的影响，形成了自己独特的个性。永宣青花在纹饰图案方面由元瓷装饰的粗放向秀丽、典雅方向发展。

如果说明朝时期的官窑青花如同牡丹一般璀璨绽放，那么广阔的需求空间也催生了民窑青花像蜡梅一样一枝独秀。虽然当时最好的瓷土青料和工匠都归属于官窑，也严格限制了民窑纹饰的使用，但民窑在纹饰上发展的写意风格既省时又省工，寥寥数笔既夸张又耐人寻味，传神达意既抽象又巧妙，这种画技在明朝万历末年进入了大写意时代。

自宣德朝起，以皇帝年号书款的当朝官窑青花开始盛行，青花瓷的身世逐渐清晰，正如歌词中所写"就当我为遇见你伏笔"。我们看到的不同年代的青花都从侧面反映了当时的政治、经济与文化形态。

清青花，盛世辉煌

康熙早期的制瓷传承了明青花的风格，其中最特殊的现象是康熙朝的青花瓷很多都写着"大明宣德年制""大明成化年制""大明嘉靖年制"的寄托款，据说这是当朝政府为了让汉人寄托对前朝的情思，允许在瓷器上写前朝的款。康熙时期的青花是最蓝的，颜色非常明艳、漂亮，叫"翠毛蓝"，并且青花的用色可以分出层次来，即"墨分五色"。这一时期的青花在整个清朝，乃至后世，都被认为是清朝青花里最好的。

到了雍正朝，青花风格突变，一反康熙朝的青翠，变得规范起来。正如同雍正皇帝本人就是一个极严谨的人，他要求烧成的瓷器各部分尺寸适度，而且重视气势和神韵，讲究轮廓线的韵律美，甚至还规定瓷器的造型、纹饰，御用瓷器的烧造必须经他亲自审定。雍正青花与康熙青花挺拔、遒劲的风格迥然不同，而是代之以柔媚、俊秀的风格。雍正皇帝对仿古情有独钟，因此这一时期的青花仿古水平已达到与真无二的程度。雍正青花不但追求与永宣青花形神俱似，还直追成化青花的轻描淡写。然而雍正青花在精益求精的过程中又不乏锐意进取的意识，当时由于青料提炼法的进步，宣德青花中的铁锈斑已可完全清除，为了追求达到宣德青花的效果，工匠没有刻意使用含铁锈的青料，而是在绘画时，在画中使用青料点染，同样可以达到宣德青花的效果，又在青花中不见铁锈斑。雍正喜爱青花还可以从另一面得到佐证，据记载，当时他常以青花赏品奖励官员，以取清廉之意，这也反映出皇帝的审美风格影响了艺术的发展方向。

乾隆皇帝曾命令宫廷画师丁观鹏为其作画《鉴古图》，画中他特意把一件宣德青花瓷放在身边。这个将清王朝推向盛世的皇帝，不仅酷爱宣德青花，还最爱《渔乐图》的饰画：一人独撑一竿，静静等待鱼儿上钩。康熙时期的《渔乐图》体现的是捕鱼撒网的气势，乾隆时期的《渔乐图》描绘的是垂竿独钓的悠闲，因此后人常说康熙享受的是成果，乾隆享受的是过程。

由于康熙、雍正、乾隆都极爱青花瓷，成就了清朝中期青花瓷的鼎盛辉煌。从康熙时代开始，官窑就有了督陶官，当时最有名的是臧应选、郎廷极，到了雍正时期，最有名的是年希尧、唐英。而唐英是跨越雍正、乾隆两朝的督陶官，他在景德镇督陶二十八年，这一时期，景德镇瓷器烧造工艺达到了高峰，这个官窑也被称为"唐窑"。

无论时间流逝、岁月沧桑，青花的历史总给人以遐想。那遥远的年代，芭蕉帘外雨声急，青花瓷里容颜旧。听青花的故事总让人感觉仿佛在等待一场优雅、婉约的邂逅，她正眼带笑意，自顾自美丽。

（文章收入本书时有删改）

悦读指津

自古以来，青花瓷如取之于自然又巧夺天工的美玉，深受古代帝王乃至黎民百姓的喜爱。在我们周围，处处都有青花瓷的身影。青花瓷带给大家的不仅仅是欣赏艺术品的视觉美感，更是中华历史文明传承并发扬光大的印迹。青花瓷，自顾自美丽。

李汉荣经典散文诗二章

李汉荣

读王羲之

几笔就勾出飘逸的晋朝。笔触间透出隐隐疼痛。这使我感到，写字不是游戏，写字是在写生命，一笔一画里，都寄存着骨头、血脉和时间的表情。

猜想你挥毫前总是要饮几杯的。没有醉意的人，不是晋朝人，不是王羲之。

笔醉了。手中的狼毫微微颤抖。是一群温柔又奔放的母狼吗？它们在旷野里呼叫，在手指的栅栏、命运的栅栏里突围。释放它们吧。你感到四周的空气里弥漫着它们芳香的情欲。

墨醉了。涨潮的天河、涨潮的大地向这里漫溢，小小砚池，莫非是宇宙泄洪的出口？而心中早已滔滔，花海滔滔，情潮滔滔。倾注吧，挟带着苦闷和激情，这个夜晚奔流着，峡谷里满是天空的倒影。

纸在一旁静静地白着。

纸铺展在你面前，雪铺展在天边。白茫茫的记忆，收留着鸟的痕迹和岁月的痕迹，收留着那在天地间匆匆划过的手势。

随便几笔，就留住了你在疾风和月夜里行走的身影。

随便几笔，你就写出了千年惊诧。

千年后，我们临你的帖；千年前，你临谁的帖？

笔法可以模仿，骨头和气韵无法模仿。它至大无外，充塞天地；它至小无内，存乎方寸。

你以天地为师，临的是风帖雨帖山帖水帖天地帖。

我们从市场上购来字帖，临摹那失真的古代，那被剽窃和复制的古代。临着，反复临着，临毕，急匆匆去市场叫卖。

灵魂无帖。风骨无帖。爱，没有帖。

你随便几笔，就画出天地间最美的行云流水。

久久地，我们不敢轻易下笔。

特别是面对如此纯洁的白纸，而我们手上的墨是这样的黑，还有那更黑的意念。

读怀素

每一个笔画，在你的手中都变成了羽毛。你领着唐朝的鸟群，飞翔在茫茫时空。

哪一个字都像一只灵动的鸟。如果我变成树，它们准会飞上我的枝头鸣叫。

那是酒的年代，诗的年代，多梦的年代。那是水中捞月的年代——真的，我看见你的手刚从水里返回，满手满怀都是月光。

除了闪电，谁能写出如此狂逸的字体？是你抄袭了闪电？还是闪电抄袭了你？

无论在家出家，其实谁都没有家。宇宙是一座古庙，与你一样，我们都是修行者，都在做着回家的努力。那险陡的、孤绝的笔画，莫非就是你回家的路径？模仿鸟，你在天上飞行；模仿鱼，你在水中飞行；模仿流星，你在虚无中飞行。

唐朝的鸟始终飞不出我的视线。大师，你保存了一片纯真的天空，你使汉字获得了飞翔的能力。

（文章收入本书时有删改）

悦读指津

铮铮铁骨，敌不过"黑云压城"；浓情血脉，连不起"国破山河"；

峥嵘岁月，换不来"铁马冰河"。——王羲之，方寸几笔，却书写了无法言说的隐痛，充塞了浩瀚无边的天地，更挥洒了生命的傲气风骨。

苍茫的天空，是你尽情释放的生宣；紧握的笔杆，是你思想逆转的宇宙。狂逸不是你，而是你对险途和孤绝的呐喊。——怀素，飞翔的笔者。

从凤翔木版年画看民间传统美术创作的生命

李双鱼　刘子建

凤翔位于关中盆地和渭北黄土台塬西部，北枕千山，南带渭水，东望长安，西扼秦陇，自汉唐以来成为长安（今陕西省西安市）以西"丝绸之路"上的重要驿站。由于交通便利，文化多元，曾一度被定为西京。

凤翔木版年画的产地主要集中在凤翔城南肖里村、北肖里村及陈村镇三地，其中以南肖里村历史最为悠久。据凤翔木版年画老艺人邰怡的《邰氏家谱》记载："始于明代中期，正德二年（公元1507年），该族中有八户从事年画的生产。"追溯起源，至今已有500多年的历史。

凤翔木版年画就其创作题材来看，大致可分为五类：取材于历史戏曲和古典小说；反映民生民俗；表现原始本能的生存意识和对美好生活的追求与希望；带有农业社会封建色彩；应用于环境装饰的木版窗花和图案。

凤翔木版年画是由家庭式手工业作坊完成的，其技术也主要由"行帮"或家庭内的师徒关系所控制，因而其年画的主题与构图均有一整套鲜明的程式与地方特色。具体表现为：

明确各种年画的使用目的和社会效果，并按照传统伦理道德与做人的规范准则进行创造。如秦琼、敬德门神，按主题有骑马、提鞭、坐虎、上朝、披袍、站立等几种；按用途分门画、墙画等；按尺寸有大、中、小之分。

合乎大众的审美心理，采用象征、寓意和谐音等手法来表达人们的愿望。如"神""福""寿""吉祥"这些本不具物质形体的观念，手工艺人通过象征、借代、寓意、谐音等手段，借用具体可感的相似形象、数目的巧合、读音的相谐等，把神秘、虚幻、朦胧、渺茫的观念付诸形象并充分地表现出来。

在表现形式上，只要是主题需要，手工艺人可以将不同时间、空间中发生的人与事组合在一起，并取消三度空间，刻意创造出全方位时空的装饰效果。如《渔乐图》，孩子是画面的中心，而围绕孩子四周的鱼、蝙蝠、书画等物象则是祝愿的符号。鲤鱼是变化，书画是学问，蝙蝠是"福"的象征，所以画面是以祝愿对象——人为中心，形成圆满均衡的构图。

在构图表述上，吸收了历代寺庙壁画强调求全、饱满与集中的创作方法，同时又融入关中汉唐石雕以及汉画像砖的线刻构图的艺术特点，既照顾了整体的装饰美，又注意到局部的变化。

在凤翔年画的人物造型上，手工艺人总是先从主题出发，不拘泥于艺术法则的限制，抓住对象主要特征和精神气质，进行大胆的夸张和变形，以达到神形兼备的艺术效果。

在艺术处理上，同样作为门神，对尉迟敬德和秦琼的刻画，虽然都表现出了其威武勇猛的神态，但表现手法却是一黑一白。敬德以黑色为主，即以民间社火脸谱的装饰手法刻画表现出"锅底脸"，让人一看便想到他面如锅底、打铁务农的劳动经历，既合理简练，又具有浓厚的装饰意味，是对自然本色提供的外貌形象的合理夸张。秦琼的脸部则用白描的手法刻画，偶尔在脸颊上染出一笔桃红，和其他几种色彩相配合，有强烈的喜庆之感。桃红色在民间是象征喜庆欢乐的色彩，用于武将则为宫廷画和宗教画所忌。这里手工艺人强调的是所需人物的特征，是为农民自己服务的，注入了其内心的乡土感情，即与农民的愿望、性格及心理状态相一致。

在色彩上，由于要和年节气氛相协调，所以绝大部分作品都具有强烈的色彩对比，形成画面鲜明、浑厚、清丽的装饰效果和民间艺术特色。

凤翔木版年画的鼎盛时期在20世纪30年代，此后经历了一个非常复杂的变化过程，恢复——破坏——改革——再破坏——再恢复。然而随着经济与文化开放的深入，原先热闹的木版年画市场又逐渐被时尚文化所取代，今天的木版年画主要向弘扬民族传统文化的旅游市场与海外市场发展。

凤翔年画的作者与其他产地的年画作者一样，大都是厚道淳朴的农民，他们常年主要从事耕作，自给自足，而不去谋求无限的财富和利润。

民间年画基本上属于农民自己的艺术。艺人的审美观点与群众息息相通，故画中形象质朴、自然，造型简练、单纯，比较直白地表达了农民朴实的主观愿望。这样的表现方法既迎合了农业社会中的广大农民、市民的欣赏习惯和审美趣味，也便于木版印刷制作。

虽然年画的创作内容反映了儒、佛、道的多元文化，但民间艺人所受的核心教育仍是儒家思想文化，故也会把年画看作"成孝敬、厚人伦、美教化、移风俗"的重要手段，是实现"仁"的一种方式。

作为民俗活动的元素，木版年画与民间戏剧、舞蹈等艺术形式一样，在审美追求和艺术表现形式上秉承了人类本色中追求原始本能的生存意识和现实生活中具有指向性的心灵渴求，所以它不是一种纯粹的艺术形态，反映和维持群体"求生"才是它的实质。

社会文化的转变，即从农业化的核心价值——通过固定的农耕维持生存、通过家庭维持群体稳定到工业化的核心价值——通过创新开拓、群体合作、效率生存，因年画消费者的感知方式、思维方式、精神动力和表达方式发生了变化，各地民间年画的辉煌渐渐淡去。

任何一种为大众服务的艺术表现形式只有基于社会文化的核心价值，基于先进的科技手段，与时俱进，才能永葆生命。

（文章收入本书时有删改）

悦读指津

以家庭式手工作坊制作、以鲜明的地方特色展示、按照传统伦理道德与做人准则规范创作、合乎大众审美心理、表达人们愿望的凤翔木版年画在民间传统美术创作历程中，一直立于不败之地。凤翔木版年画有着全方位的装饰效果和求全、饱满的精神气质，在大胆的夸张与变形中，一直为厚道善良的农民服务着。

祖冲之的胡子和蒙娜丽莎的微笑

邹艳霞

不久前，我到一所小学办事，向一位小学生打听校长办公室怎么走，他热情地把我领上楼，指着不远处说："就在那个长胡子的老头儿对面。"我顺着他指的方向一看，不禁哑然失笑：原来这位小学生指的，是楼道里张贴的祖冲之像。

一个历史上伟大的科学家，为什么传递给孩子的首先是"长胡子的老头儿"这样的信息？

教室内外张贴悬挂伟人、名人像，是中小学多年来的传统，也是一种有效的教学辅助手段。从教育学和心理学的角度看，其对培养孩子的道德情操、拓宽孩子的知识面等都有着潜移默化的作用。但据笔者的观察，正是由于其"传统"，在一些中小学，这种作用没有发挥到最大值。

笔者没有做过全面的调查，不过所看到的画像几乎都是一个模式：人物表情严肃，文字说明很少，给人一种居高临下之感。

活泼浪漫是孩子的天性，素质教育的最高境界就是使学生在快乐中成长。孩子们在接受知识时也总是首先抓住那些感兴趣的、具有明显特征的东西。所以那位给笔者带路的小学生脱口而出的是祖冲之画像的特征：老头儿、胡子。他绝不会说校长办公室在"中国古代著名数学家祖冲之"画像的对面。教学场所悬挂此类画像，其初衷应该是希望孩子们耳濡目染画像以外的东西，如历史、文化领域的知识甚至科学精神等，可它们过于严肃，结果未必如愿。

在高科技产品层出不穷、无处不在的今天，这种静态的教辅手段也面临着挑战。比如，各式各样的多媒体学习软件日益普及，信息量大且有诱人的动态效果，自然要比贴在墙上多少天不变的画像更吸引孩子。传统的教育思想和方法如果跟不上时代的发展，早晚要被淘汰。因此，如何由静变动，使画像、挂图等更简洁明快、生动有趣，尤其是富有时代特色，是其制作者们必须要思考的。

此类画像在内容上也有待拓宽。笔者印象中，画像中的人物绝大多数是科学家。这在一定程度上反映了偏重单纯传播知识特别是自然科学知识的教育观念。现在，素质教育已经成为全社会的共识，无论何种教育方法，其内容都应该涵盖知识的所有领域，如忽视文学、音乐、绘画等的教育，显然不符合素质教育的要求。事实上，绘画、音乐等恰恰是在孩子（特别是中国的孩子）成长过程中最薄弱的部分——审美情趣的培养上起着重要作用。

笔者绝不是主张摈弃上述教辅手段，相反，是呼吁教育工作者们给予其足够的重视。画面给人的是感性的知识，挂图、画像等不仅更适合孩子的口味，还是一些课程（如绘画）教学的必要手段，应该在保持传统优势的前提下，不断在形式和内容上加以改革、改进。我们不妨在祖冲之画像的旁边，贴上达·芬奇的名作《蒙娜丽莎》。其实，孩子们只要记住那神秘的微笑，就足够了。

（文章收入本书时有删改）

悦读指津

教育是神圣的，学生是可塑的，教育环境是学生们健康快乐成长的圣地。除了教师传授学科文化知识外，校园的环境、氛围也很重要。学生们需要的不是严肃的表情和刻板的说教，而是舒心的环境和愉悦的心情，哪怕只是在墙上张贴一张神秘的微笑。

凡·高的艺术与生命的张力

刘发开

一、土豆：抚慰世上一切不幸的人

提起凡·高，人们首先想到的是金黄的向日葵、明亮的麦田、神秘的星空和包扎着的割掉耳朵的头颅。事实上，在成为疯狂的天才象征人物之前，凡·高早年为了"抚慰世上一切不幸的人"，曾自费到一个矿区里去当教士，跟矿工一样吃最差的伙食、睡地板。而凡·高对穷人的同情和怜悯在《吃土豆的人》这幅画作中显露无遗。

这幅画作于1885年，是凡·高初学绘画时，在创作了许多以矿工、农民为题材的绘画作品之后的一个重要收获。画的是凡·高家乡的一家农人，整个画面被涂抹上一种粘着灰土的、未剥皮的新鲜土豆的颜色，使被灯光照亮的灰色的屋子形成一种特殊的气氛。在这种气氛的笼罩下，融进了一系列朴陋的形象——被烟火熏黑的墙壁，肮脏的亚麻桌布，戴在女人头上的脏兮兮的帽子……画家抓住了这些农夫们异样的眼神，这些眼神里折射出不同的饥饿感，又通过手的姿态发出内部传感，恰当、贴切地传达了吃土豆人的生存欲望和意识流动。正如画家自己所说："我想要明白地表现出这些在灯光下吃土豆的人，就是用伸进盘子里的同一双手去锄地的。因此这幅画所叙述的是体力劳动，说明他们是诚实地挣到他们的食物的。我要表达一种与我们这些有着文明教养的人完全不同的谋生方法的印象。"从最平凡甚至丑陋的土豆身上，画家仿佛抓住了光洁美丽的生命之脐，沿着这根脐带，融进了那些刨土豆的农夫中间，体验着生活的贫寒困顿。在对生命的关爱和深刻体会中，赞美着以劳动获得果实的尊严，同时，鞭挞着人间不劳而获的丑恶。他的辛勤探索终于有了结果，"他终于捕捉到了那正在消失的事物中存在着的具有永恒意义的东西。在他的笔下，布拉邦特的农民从此获得了不朽的生命"。

二、向日葵：原始生命力的疯狂转动

1886年，凡·高在巴黎接触到了印象派，从此他的调色板一改以往昏暗的色调，转而调配起另外一些用以表达他对生命、对世界独特感受和认识的颜色。于是，就有了我们看到的那灼人的黄色的《向日葵》。

凡·高笔下的向日葵不仅仅是植物，而是带有原始冲动和热情的生命体。每一笔都熔铸着充满紧张感和紧迫感的力度，仿佛一道道喷射到画布上的火焰，它们啃噬着痛苦而有限的生命，又向无限和永恒发出叩问。对此时的画风，凡·高自己解释道："当我画太阳时，我希望使人们感觉到的是以一种惊人的速度旋转着，正在发出威力巨大的光和热的浪。当我画一块麦田时，我希望人们感觉到的是麦粒内部的原子正朝着它们最后的成熟和绽开而努力……"画家像熊熊火焰，满怀炽热的激情令旋转不停的笔触粗厚有力，色彩的对比也是如此单纯而强烈。然而，在这种粗厚和单纯中却又充满了生命的孤独和洞见。"我感到那生命，如果完全狂野地把作品喷射出来——这样孤独，这样孤立，我计算着某一瞬间的激动，然后让我自己走向过分。在有些瞬间里，一个可怕的明澈洞见占据了我。"他的心中有太阳，他的心中有风暴。看着这些扭曲变形的植物，你仿佛能感觉到画家那太过强烈的生命力无处发泄而在体内搅动着，这股强大的生命力随时都可能喷射出来。

三、艺术与生命的张力

如果说之前的土豆融入了画家对贫苦农民的同情和怜悯，象征着他对

生活的执着与追求，那么这时的向日葵，则上升到一种纯粹的精神追求，隐喻着一种疯狂的生命运动的节奏，一种拯救式的理想的人生境界。这种前后画风的明显转变，来自于一种对苦难的领受。人的拯救、艺术的转机往往是痛苦和苦难逼出来的。孟德斯鸠有言，"人只有在痛苦中才更像个人"。凡·高生不逢时，一生困顿，生前只卖出一幅油画和两幅素描。苦痛和不幸的命运在他身上划下了印痕。把凡·高亲切地称为自己的"瘦哥哥"的诗人海子在《阿尔的太阳》一诗中写道，"其实，你的一只眼睛就可能照亮/世界/但你还要用第三只眼，阿尔的/太阳"。凡·高就是那个"火中取栗的人"，就是代替太阳洗净生命的人。他与太阳、麦地和向日葵是那么不隔，只当那是他自己，从而尽情地倾注着滚烫的血液。

然而，这种毫不吝惜地挥霍生命、喷射激情的行为，其后果又是非常可怕的，凡·高的自杀再次验证了这一点。人的生命就是这样的脆弱，又这样的强韧。那个当年挖过土豆，后来又去采摘向日葵花的人，土豆成了他的双脚，他怀着一个敏感的灵魂默默承受着。他丰富得像一域自然，又强烈得像一注岩浆。生命和艺术的张力终于使他走入了绝地的困境，临终时，他头上戴的是金灿灿的向日葵花王冠。他通过艺术，那来自灵魂深处的表达，超越了时间、界限、生死和秩序……一百多年后的今天，仍放射出照彻灵魂的光辉。

（文章收入本书时有删改）

悦读指津

《吃土豆的人》融入了画家凡·高对贫苦农民的同情，赞美着以劳动获得果实的尊严，体验着生活的滋味，象征着画家对生活的执着追求；《向日葵》隐喻着一种疯狂的生命力，在有限的生命中，画家向无限与永恒发出叩问。在画作中，艺术与生命贯穿始终，即便跳出艺术的视觉，依然可以触及情感和灵魂深处，这是一种无处不在的生命张力。

自画像

雪小禅

非常喜欢一些自画像。

看过陈丹青一张自画像，只有二十一二岁，不屑的眼神，小平头，散发着20世纪70年代里最与众不同的味道——年轻而饱满生动。那是我看过的最年轻的自画像，他常常将其放在自己的书中。让我想起他应该是个眷恋少年时期的人，虽然已经50多岁，但是，我一直相信，人毕生的修为不过是延续十四五岁少年时期的梦想。陈丹青的眼里始终有一种燃烧的少年梦，这在他那张自画像里，体现得淋漓尽致。

在798画廊里，看到过一张徐悲鸿的自画像，30多岁吧，一意孤行写在了脸上。清高孤傲，一脸的狂妄，如同他笔下的马，万里奔腾，绝不受半丝约束；也像他告诉学生的那句话——"好的画家，一定要一意孤行。""一意孤行"是他的座右铭，终生贯彻。还看过他早年一身白色西服的自画像，充满了热情与活力的少年，眼神都是有温度的。那张自画像后来以210万元的价格卖了出去。

和他同时代的画家潘玉良的自画像，那么惆怅的眼神，一个人在法国的孤独漂泊，还有爱情的寂寞。女画家那种自怜自艾，还有眉骨间透出的坚强与无奈，都可以一览无余。相比较她的画，我更喜欢潘玉良的自画像，更本真，更纯粹，更接近她的内心——从一个风尘女子到留法画家，画魂缠绕，客死他乡，爱情染了她一生的灵魂。她眼神中那无限的凄然，是因为艺术还是因为爱情？

也喜欢墨西哥女画家佛里达的自画像。艳丽凄美，如同她的画、她的着装，衣不惊人死不休的艳，她的眼神里充满了不屑与不相信，如同她自己所说，"我一生有两次事故：一次是爱情，一次是车祸"。幸亏有绘画拯救她的灵魂。在绘画里，她次次把自己燃尽，这是一个从来不心甘情愿做寂寞鸟儿的女子。

相比较她的绝望，夏加尔的自画像是那么飘逸空灵。脸上是淡定与从容，很显然，这是一个被爱情喂养得十分丰盈的男人的眼神，他的蓓拉给了他最完美的爱情，他给了这个世界最美的绘画。那些飞翔在空中的人们，有着怎样灵动的心呢？夏加尔的自画像充满了人文与宽容，似一朵莲花绽放，充满禅意与安宁。看过这个男人的眼神之后，会相信这个世界的美好与善良、宽容与慈悲。我想起《圣经》中的一段话："你们的罪虽然像砂红，因为爱，必变成雪白。"爱情可以使人的眼神变得如此温柔，每次看夏加尔的自画像，都会慨叹爱情的伟大。

而伦勃朗，好像写日记一样画着自己，不断地画着。他不美，却有着巨大的慨叹，我仿佛听到他对生活状况由盛及衰的叹息。伦勃朗曾经是有钱人，在晚年过着穷困潦倒的生活，开了一个杂货店。他的自画像，诠释着生活的幸与不幸。

拉斐尔的自画像让人安宁——难怪他画天使那么好，原来他本身就如天使一般，眼神安静得近乎要滴出水来。穿了黑衣，清高寡淡的样子。让我想起他的名作《泉》中的女子，亦有这样的眼神。

在中国美术馆看过一场画展——《从提香到戈雅》，看画展的人几乎摩肩接踵了，从来没有过的热闹。提香的画那么华丽，非常注重形式感，但提香的自画像是大胡子的形象，似哲学家和传教士；而戈雅太像牛顿，戴着眼镜，实在像物理学家；倒是画家库尔贝，天生的文艺男青年的形象；至于莫奈，我看了半天的结果是他像一个挖矿的工人；而张大千的自画像，则宛如一个白衣飘然的道长，有着销骨的美……

最迷恋凡·高的自画像。

那么疯狂、那么绝世的孤单，眼神是正宗的绝望与无奈。只有一只耳朵的他，脸上布满了刚长出的胡须，火在眼里燃烧着。他看到自己蓝色的天空了吗？他闻到了阿尔焦灼的太阳了吗？他是别人眼中的疯子，终生只卖出过一张画，还是他的弟弟提奥怕他伤心买走的。没有人肯定过他，没有人相信他，小镇上的所有人都以为他是疯子，一次次送他进疯人院。除了死，他几乎没有更好的选择。连高更都离他而去，连那个可笑的妓女都在耻笑他！只有那只耳朵听到过他的呼唤，于是，他割下了它。

每次看这张画，心都在疯狂地疼——他一生中共有35张自画像，疯掉之后还画过几张。特别是有一张缠着绷带的自画像，画中的他神经已经弯曲，处于崩溃的边缘，一脸的焦灼与疼痛……隔了岁月烟尘，我仍然能感觉到那疼痛，来自心的最里面！谁知道他？谁了解他？

……

这些自画像，远远比画家其他的作品更能打动我，因为那是画的他们自己，不美，不神采奕奕，他们更能看穿自己在生活中到底是一种什么状态！他们知道自己灵魂深处究竟要什么，不要什么。

很少看到画家的自画像有开心地笑的，他们抓住的是自己生活的一个刹那，那个刹那，是深邃的，是怅然的，亦是空灵的。

如果我给自己画一幅自画像会是什么样呢？

如果在早年，我一定画成白衣飘飘不染尘埃的仙子状，一点烟火气也没有；但现在，如果我画，我会画一个穿着布衣的女子坐在窗前，看着窗外的风景，眼神平和淡定，有喜，有忧，有疼惜，有慈悲，有人世间的朱红，亦有人世间的雪白。

而我的头上，一定如毕加索那个拿烟斗的男孩一样，有着一头美丽花冠，我愿意它是一朵朵蓝色的小花，忧郁地绽放在我的发间。

（文章收入本书时有删改）

悦读指津

喜欢一些自画像，并能读出画中人物的内心所想，且能渗入读者自己的深刻感悟——这正是本文作者对艺术的独特审美观。此文列举了陈丹青、徐悲鸿、潘玉良、伦勃朗、拉斐尔、凡·高等名家的自画像，从不同的欣赏角度窥探了众自画像的共同点：都是在画自己，都体现了各自在生活中最本真的状态。

中国京剧脸谱艺术

余 静

京剧被称为中国的"国粹"，已有200多年历史。清朝乾隆五十五年（1790年），安徽四大徽班进京后与北京剧坛的昆曲、汉剧、弋阳、乱弹等剧种经过五六十年的融汇，逐步衍变为京剧，是中国最大的戏曲剧种。京剧脸谱是京剧重要的组成部分，是至今戏曲舞台上脸谱最多、最完整的脸谱体系。

脸谱艺术历史悠久，是中国戏剧中特有的化妆艺术。据考证，脸谱的发明，最早是中国北齐时代的著名大将兰陵王高肃，他可谓脸谱的鼻祖。据《北齐史》等史书记载，兰陵王姓高，名肃，字长恭。兰陵王武艺超群，但每次与敌对阵，因容貌俊美，不为敌人所畏惧，难以制敌。为此，他让画工绘制了许多凶恶的假面具，每逢出战时任选一个戴在脸上，以利制服敌人。此后，每次打仗，百战百胜。这就是他发明脸谱的起因。中国戏曲理论家翁偶虹曾撰文说："中国戏曲脸谱，胚胎于上古的图腾，滥觞于春秋的傩祭，孳乳为汉、唐的代面，发展为宋、元的涂面，形成为明、清的脸谱。在戏曲形成之后，脸谱与面具仍然交替使用。"京剧脸谱的起源与面具关系密切，人类早期的战争面具、傩舞面具、汉代百戏假面具都是戏剧脸谱的远祖。

京剧兴起后，脸谱造型最初的作用，只是用夸张的手法表现剧中人的性格、心理和生理上的特征，以此来为整个戏剧的情节服务，可是发展到后来，脸谱由简到繁、由粗到细、由表及里、由浅到深，日臻完善，逐渐成为一种具有民族特色的、以人的面部为表现手段的图案艺术了，被誉为角色"心灵的画面"。在构图上，各类角色的脸谱进一步精致化、多样化，通常分为净角与丑角脸谱两大类，都有自己特定的谱式和色彩，借以突出人物的性格特征，具有"寓褒贬、别善恶"的艺术功能，使观众能目视外表，窥其心胸。净角主要有以下五大类谱式。

整脸——在整个面部涂一种主色，不勾花纹，而是在主色上画出眉、眼、口、鼻的纹理。

三块瓦脸——在整脸的基础上，用黑色把眉、眼、鼻等突出出来，使前额、左右面颊呈现出三块明显主色，平整得如同三块瓦。

十字门脸——由脑门顶至鼻尖，用黑色或其他颜色的立柱纹与眼窝大体呈"十字"形，额头涂白，有灰色小圈眉。

碎花脸——与整脸相反，脸谱色彩、构图最复杂。

歪脸——色彩、构图小对称，是表现人物形象反常、丑陋的脸谱谱式。

丑角谱式较少，有"豆腐块脸""腰子脸""枣核脸"等几种谱式。由此可见，京剧脸谱是一门写意和夸张的艺术。

京剧脸谱一般以某一种颜色象征某类人物的品质、性格、气度，这种颜色成为"主色"，它是一个脸谱最主要的直觉表现手段。

红色——表现忠贞、英勇、正直的人物性格，如关羽。

蓝色——表现刚强、骁勇、有心计的人物性格，如窦尔敦。

黑色——表现勇猛、正直、无私、刚直不阿的人物形象，如包公。

白色——表现奸诈、狠毒、阴险、自负、跋扈、疑诈、飞扬、肃煞的人物形象，如曹操。

绿色——表现侠义、顽强、暴躁的人物性格，如武大虬。

黄色——表现枭勇、凶暴、沉着的人物性格，如宇文成都。

紫色——表现稳健、沉着、智勇刚义、刚正威严的人物性格。

灰色——表现老年枭雄人物。

金、银色——表现各种神怪形象。

但京剧脸谱用色也不是绝对的，有其特有的灵活性。

京剧脸谱的另一种作用是"距离化"，拉开戏与观众的心理距离。

脸谱画法也不是绝对固定的，由于上演的剧目、角色的年龄、演员的脸形不同而略有差别。还有一个原则，即同时在场的诸角色，其脸谱特别是基调色彩不能"犯重"，目的是用不同的颜色搭配以求美观，同时要让远距离的观众不致混淆角色。

脸谱根据描绘时的着色方式，分为揉、勾、抹、破四种基本类型。

揉脸：凝重威武，以整色为主，通过加重五官纹理实现，是十分古老的脸谱形式。

勾脸：色彩绚丽，图案丰富，复杂美丽，五彩缤纷，有的还贴金敷银，华丽无比。

抹脸：浅色为多，涂粉于面，不以真面目示人，突出奸诈坏人之性格。

破脸：不对称脸，左右不一，形容面貌丑陋或反面角色。

脸谱图案非常丰富，大体上分为额头图、眉型图、眼眶图、鼻窝图、嘴叉图、嘴下图。每个部位的图案变化多端，有规律而无定论，如包拯黑额头有一白月牙，表示清正廉洁；孟良额头有一红葫芦，示意此人爱好喝酒；闻仲、杨戬画有三眼，来源于古典传说；赵匡胤的龙眉表示为真龙天子；雷公脸谱中有一雷电纹；姜维额头画有阴阳图，表示神机妙算；夏侯惇眼眶受过箭伤，故画上红点表示；窦尔敦、典韦等人的脸谱上有其最擅长的兵器图案；王延章头画蛤蟆，表示是水兽转世；赵公明面画金钱，表示是财神爷；北斗星君画七星图于额上，彩绘描金，十分精美……

由上而知，脸谱的演变和发展，不是某个人凭空臆造的，而是戏曲艺术家们在长期艺术实践中，对生活现象的观察、体验、综合，以及对剧中角色的不断分析、判断，做出评价，才逐步形成了一整套完整的艺术手法。脸谱是一种能表达出不同的感情，将曲直矛盾色彩和谐对比的不同形式相结合的富有装饰性的艺术，具有很高的欣赏价值。我相信，传统的就是世界的，像京剧这样独具特色的传统艺术也将带给世界无限的"中国热"！

（文章收入本书时有删改）

悦读指津

京剧脸谱是和演员一起出现在舞台上的活的艺术。它以浓重、鲜明的油彩点染于演员面部，以多样、夸张的图案代表着不同角色的性格形象，再配上京剧演员那响亮高亢的京韵唱腔，便把京剧这一独具中国特色的艺术形式表现得淋漓尽致！

用艺术诠释"生命"

杨富智

我自八岁开始画画，十五岁正式拜师，至今已有二十多年。

在我拜师的第一天，我的启蒙老师俞祥泉先生告诉我："人品第一，画品第二。先强调做人，后去画画。一定要记住五年打基础，十年出成果。"正因为当初我迷惑的心扉找到了抉择的坐标，才使我有了"己所不欲，勿施于人"和谦恭达人的思想。尽管在我从艺的途中，脚下的路崎岖坎坷，其间有无尽的泪水浸染过冰冷的心，也有过迷误一转念间的徘徊，但我明白时光的脚步不会停留在原地，也不会永远为青春撑起保护伞。只有在一次次的失败中，认识人生的辛酸与苦涩，才会懂得花开花谢是一个过程，生命的荣枯也是一个过程。我懂得人生的定律是爬起来的次数比击倒的次数多一次，一个人只有经得起挫折与失败，才能无限风光地越过人生路途上的险峰。

每个人都有自己的方向和追求。我自悟世以来甚慕张大千先生，时常自我策之，今生一定要成为画坛全才，语虽有些狂大，但心想追之。百年之后，我不敢自定，只求转益多师、治文染翰、舒心畅情足矣！二十多年来，我先后研习黄筌富贵、徐熙野逸之工笔画风，及南陈北于两家各自在工笔画中的特点，在师承传统中求变与创新。综观我多年来的画作，不敢谈我有所创新，但我知道画虽易事，必在上学下达功夫之中。只有循循乎古人规矩，才能当然之法充盈头颅，善变而不失其意，也会让自己从表层的"术境"（即绘画技法和技巧），上升到深层的"道境"（即美学思想和艺术精神）。

也许是人生命运的不同，使我过早地饱尝了人间的辛酸与悲凉。母亲过早地离开人世和经历情感折磨的伤痛，使我选择了用文字表述心中的寄托和对生命的反思，同时也开始钻研与探讨艺术评论。所以，在别人眼中，我是个多才多艺且有独到见解的人。在不知不觉中，他们给了我"画家""书法家""作家""学者""艺术评论家"的称号。尽管这些虚衔在别人看来是锦上添花，但对于我来说，我只追求拿自己生命的曙光照亮别人。因为，在艺术实践中，我懂得了做人的归宿，就是以"仁义道德"为本，以"穷理""正心""修己"为内中要义。明白生命犹如绿叶，在和煦丽日下拥有葱郁的岁月和醉人的绿色，也拥有博大的空间和一段浓缩的时间。在脆弱的生命里，把握自己的航向，将自己空白的人生答卷填写得更加完美。也使我明白，人活着的真正价值是为了别人。只有将自己生命的曙光点亮，才会映照别人；只有为爱自己的人活着，才不会把哀痛留给别人；只有让自己的父母少一些担心和牵挂，才不会辜负父母为自己生命所付出的心血；只有拿寸心洁白去对待朋友，才会让自己仁者爱人；只有实现自己的人生价值，才会在有限的生命旅程中留下任何东西都无法替代的辉煌。

人生的路很长，长得好像没有尽头；人生的路又很短，短得好似转瞬即逝。在人的一生中，只有选择了用生命的质量谱写人生的美丽，我们才能彻悟生命的永恒。就生命本身而言，不可能创造奇迹。一旦脆弱的生命具备了一种敢于承担苦难和认准目标、死也不回头的精神，生命就会给跳动的心一个满意的答案。在一次次的追问中，我终于知道，每个人生活于世，都有生存下去的理由，也有属于自己的方寸乐土。不论你选择怎样的生存方式，都不可避免地面对一个问题——抉择。因选择而改变人生的航向，因选择而达到人生的最高境界。选择了艺术，就意味着物质上的"清贫"，但精神上的富有永远书写着昭垂万世的不灭灵魂；选择了锦绣"钱"程，就注定了空虚撑掌着"贫乏"得只剩下钱的浩叹！在人生的十字路口，你也许徘徊迷茫；你也许行衢道而无法到达目的地；你也许智慧明了择路无碍，一生风调雨顺；你也许一不小心落入青春的陷阱而将如花的年代摧萎后，还能自我反省、保持冷静，给自己重新撑起一片蓝天微笑。其实，只要我们点燃生命带给自己的那盏灯，就会在开启瞬间的智慧中找出完善自我的折射点。尽管我们的耳畔多了时代的喧嚣，少了清净的自我微笑；在身陷滚滚红尘的家长里短中，一花一世界的那份沉寂也随波逐流，变得繁花似锦；过多的功利、名望充斥了我们的心；在背负欲望包裹前行的路途中，总希望驿站的大门永远是开着的，接待员永远是鞠躬尽瘁的，而这恰恰使自己在渴望中谱写了失望的无奈，面对自我，少了几分执着，多了几分浮躁。要知道，辉煌的人生需要伤心过后的励精图治。同时也要明白，做人不能自我感觉良好，只盯别人的短处而看不到自己的不足，更不可"盲公打灯笼——照人不照己"。

（文章收入本书时有删改）

悦读指津

作画如做人。在成就人生的道路上，要有自己的选择与理想，且在这艰辛的过程中，要有克服种种困难、走出重重逆境的信心和勇气。实践自己艺术追求的过程，就是锻造自我的人生历程。用艺术诠释生命，用生命追求艺术，让自己的艺术人生更加辉煌。拿自己生命的曙光照亮别人——这是作者做人的原则，更是他潜心的艺术追求。

第二章

塑，人性形态

    性生万物，当一个崭新的生命来到世间，就开始了蓬勃的生长。本性需要修行，世间万物之本性是可塑而又难以掌控的，这就需要人类塑造万物于形态。从大佛的慈悲宽宏、惠泽天下，到《牵手》的相互支撑、舞出真爱，人类给予万物最佳形态之时，也为人性塑上了真诚。

两晤卢舍那大佛

林 非

好几年前，我曾漫游过洛阳的龙门石窟，沿着挺立的峭岩，挨个儿地寻觅着大大小小的洞穴，仔仔细细地打量那些丰腴或清癯的雕像，不能不生出一阵阵失望的情绪来。

从几千里外赶来，一路上风尘仆仆，十分劳累，就是想要鉴赏这闻名已久的佛像，好了却平生的夙愿，哪里会知道瞅见的这些脸儿，却都显得平平常常、庸庸碌碌，找不到多少令人神往的表情。

我早就翻阅过不少有关的资料，知道这赫赫有名的龙门石窟，远在1500年前已经开始建造镌刻，在宗教史和雕塑史上都有着无限珍贵的价值。然而我既不是美术史家，也不是宗教学家，我只想领略山川胜景的雄壮或俊秀，观摩古往今来的艺术作品究竟美在何处，好用它来鼓舞和充实自己的生命。如果瞧见的古老雕像，哪怕它已经穿越了几千年的时间，却只是显出一副僵死或模糊的面容，而并无丝毫美感的话，我会觉得索然无味、惆怅万分。

真是的，历史如果是干枯和贫瘠的，而不是蓬勃和丰盈的，那么不管它如何悠久和绵长，它的价值就会大打折扣。

我正是怀着这种懊丧的情绪，跨出了没精打采的步伐，登上一座通往山顶的石梯，气喘吁吁地往高处攀去。我的视线刚接触到一大片整齐的平台，猛地抬起头来，就瞧见陡直的岩壁底下，端庄地坐着一尊光彩照人的雕像，在紧紧缠住头颅的发髻下边，这副异常丰满和秀美的脸庞，透出一股堂堂正正的英气；在弯弯的蛾眉下边，这一双含情脉脉的大眼，似乎向受尽苦难的人们倾诉着衷情，悄悄地抚慰着他们痛楚的心灵；而在端正和挺拔的鼻翼下边，嘴角微微地翘着，双唇却默默地抿住了，似乎在关切地倾听着人们的答话。

我的精神顿时振作起来，像一阵阵奔腾呼啸的波涛，激烈地冲撞着自己的心弦。我曾瞧见过多少雕像，这肯定是最完美的一座。尽管卢舍那大佛这个名字，似乎显得有点儿陌生，这五丈多高的魁伟身躯，也好像是过于庞大了。然而这庄严却又温柔的面容，这宽宏而又睿智的神情，对于我来说实在是太熟悉了，曾在多少回的梦幻和想象中瞧见过。这座冠以佛名的雕像，其实是在尽情地讴歌着人的完美与善良。这里没有丝毫神秘的宗教气息，它也并不被当作神来顶礼膜拜，但这让我感到庆幸。因为如果那样的话就不值得珍惜了，如果那样的话就会引起人们出自内心的憎恶，因为那些威风凛凛和居高临下的偶像，总是肆意地摆布芸芸众生跪在地上崇拜自己，鼓吹人们盲目地服从自己，而这无限膨胀的权力意志，一定会造成人世间的灾祸。

我默默地瞧着这首次晤面却又似乎见过多少回的朋友，从心中萌生出一种相见恨晚的感叹。这深沉而又和蔼的禀赋，雍容而又博大的气度，始终在吸引着我的眼睛，震撼着我的心弦，让我于顷刻间回忆着毕生中全部美好的经历，想起了父母和妻子儿女缱绻的深情、师长和亲友诚挚的关注。多少人间的温馨，在这儿获得了又一回重新的感受。

从洛阳回来以后，我常常会想起卢舍那大佛，有时在深夜里伏案写作，从抬头张望着的墙壁上描绘的花卉里面，分明瞧见了它朦胧的影子。它似乎还在跟我诉说着无穷无尽的话语，依旧十分关怀地提醒着我，要永远投身于寥廓的世界中间，不懈地去寻找美好的境界。

正因为在心里老是飘荡着卢舍那大佛的身影，这一回去郑州开会时，我又兴冲冲地跟着朋友们前往洛阳，刚穿过龙门石窟外面的牌坊，就急忙奔往奉先寺。我又瞧见了这仪态万方的神情，又瞧见了这像一汪秋水般注视着我的双眼。庄严得凛然不可侵犯，却又宽容得不屑去计较世俗的争吵；英勇得不会向任何人屈服，却又大度得不会向任何人施加压力。好一副泱泱大国的气概，这绝对不是乔装打扮出来的，而是融会于浑身的气质，在茫然不觉中挥发了出来。

我曾云游过多少天南地北的大小庙宇，常常从大殿里佛像两侧的对联中，瞧见过"容天下难容之事"这样的字眼，然而那些佛像镌刻得着实太拙劣了，只能依稀看到张口微笑的相貌，哪里有卢舍那大佛这样的千种风情。

艺术的锤炼真是万分艰难，美的创造确乎是谈何容易的事情。在我观摩过的众多古代雕塑中间，能够长久地打动自己，让我始终藏在心中的，仔细地回想和咀嚼起来，也就是面前的这尊卢舍那大佛了。我一会儿走到它左侧凝眸张望，一会儿又走到它右侧默默思忖，我真钦佩一千多年前那些无名的唐代工匠，怎么能够塑造出这样令人赞叹和陶醉的石像呢？这真是高唱出了一曲动人的凯歌，人确实应该活得更庄重、更温柔、更开阔、更宽容、更博大才好。

人们的精神世界应该获得升华，这或许跟美的创造同样艰难，却必须孜孜不倦、全力以赴一样，因为人生中最重大的奋斗目标，本来就是不断地完善和提高自己。

（文章收入本书时有删改）

悦读指津

蓬勃丰盈的历史，塑就一尊闻名已久、光彩丰腴的雕像——卢舍那大佛。蛾眉之下的脉脉双眼、端庄秀美的慈善脸庞、挺拔饱满的福贵鼻口、宽宏睿智的雍容神情、博大沉稳的魁伟身躯、刚正不阿的浩然正气……无不慰藉着人们的心灵，讴歌着人性的真善，鼓舞和充实着普天众生——这就是艺术带给我们的生命的锤炼和感悟。

木雕的生命

东方一羽

喜欢木雕已有些年头了。那年，在一家裱画店，见到那个店老板收进的一块木雕，约一米二三的长匾上面却有十余个人物形象，个个栩栩如生、活灵活现。我的眼光立即被吸引，脚也迈不开了。于是，和店老板商量："你两千元收的，我多出一些给你，你转卖给我，如何？"可是，无论我怎样开价，老板都坚决不干，看来，他也是喜爱之至。无奈，只能放弃。

从那以后，我便关注起木雕来。

我所知道、了解的以徽州木雕和东阳木雕为多。尤其是徽州木雕，可以近水楼台先得月。

我陆陆续续也收藏了一些，但囿于经济等原因，我收藏的都是一些建筑构件或家具饰物上的小片。有的是一组，有的只是单片，有的已用镜框装帧好，有的还只是毛片。大都是人物，少量是花卉。时常在书房里拿出来看看，还真是赏心悦目。

喜欢木雕，我想是在于它有着非同寻常的生命力。试想，一两百年前，有一个甚至多个工匠，成天在那里琢啊琢、雕啊雕，把他了解的戏文里的故事，那些个人物，一个个地刻画出来。也许，他只是一个普通的工匠，没有经历过戏文里的大起大落、悲欢离合，只有一个个的春夏秋冬、平平常常的喜怒哀乐。于是，他便把娶妻生子、一日三餐、点点滴滴的欢乐与普普通通的烦愁都雕了进去。

一天天的劳作，一寸寸的光阴，就在这木头上，化作了一方天地、一刀乾坤。

木雕的生命力还在于它见证了历史、见证了岁月。试想，无论它是画栋雕梁还是坐榻眠床，有多少个日子在它面前走过，有多少故事在它面前发生，又有多少悲欢离合和喜怒哀乐在它面前呈现、转换……

现在科技发达了，一般的木雕物件能先在电脑上设计好，再用激光刀雕刻，也很精美，但无论如何，它身上已体现不出工匠的一刀一刀的功力，也没有经历岁月的浸泡，生命力可想而知。

前年在绩溪龙川见到一位老艺人，他正在专心地制作一个竹雕。墙上挂着他的作品，有人看中了就买去。平时，他就坐在那里雕刻。我买了他的两件作品，一件是临摹王羲之的《兰亭序》，一件是刻着荷花、螃蟹的《和谐图》。我想，我买的还有他的功夫。

前段日子，在文博会上，我看到一个香樟木的烟缸，自然树干大小，只是中间镂刻、打磨好。幽幽的树木香气袭人，可谓沁人心脾。于是，买来放在床头柜上，只为闻那淡淡的木香，看那细细的木纹。

一段或一片木头因为工匠的雕琢、时光的打磨，竟如此充满生命力，我能不爱吗？

（文章收入本书时有删改）

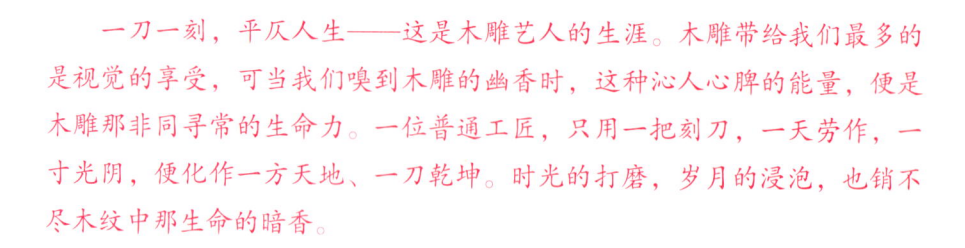

悦读指津

一刀一刻，平仄人生——这是木雕艺人的生涯。木雕带给我们最多的是视觉的享受，可当我们嗅到木雕的幽香时，这种沁人心脾的能量，便是木雕那非同寻常的生命力。一位普通工匠，只用一把刻刀，一天劳作，一寸光阴，便化作一方天地、一刀乾坤。时光的打磨，岁月的浸泡，也销不尽木纹中那生命的暗香。

化泥为陶，千古留情

汤 虎

对陶的接触是在喜欢古玩一段时间之后，那时常随朋友去区县收货。对这些不起眼的陶罐，做古玩生意的是不屑一顾的。在一大堆陶瓷里面，常常都有几个陶罐混杂在里面。凭着搞艺术的基础，我立刻觉得这是好东西。当问及价格时，那些老乡都会很不好意思地对我说："你随便给点钱就可以。"原来这类东西在古玩行是不好出手的东西，一般都是看人家买的东西多就搭给人家，不算钱的。于是我开始收集这类不算钱的东西。

从我国陶瓷发展史来看，一般是把"陶瓷"这个名词一分为二，为陶和瓷两大类。通常把胎体没有致密烧结的黏土和瓷石制品，不论是有色的还是白色的，统称为"陶器"。其中把烧造温度较高、烧结程度较好的那一部分称为"硬陶"，把施釉的称为"釉陶"。相对来说，经过高温烧成、胎体烧结程度较为致密、釉色品质优良的黏土或瓷石制品则被称为"瓷器"。

汉朝时，工匠们的创作材料已不再以玉器和金属为主，陶器受到了更为确切的重视。在这一时期，烧造技艺有所发展，较为精致的釉陶普遍出现，汉字中开始出现"瓷"字。同时，由于新疆、波斯至叙利亚的通商路线开通，中国与罗马帝国开始交往，促进了东西方文化的往来交流，从这一时期的陶瓷器物中也可以看出外来影响的端倪。

汉代人重视墓葬，成为习俗，殉葬品力求丰富而精细，被称为"明器"，它与祭器之别在于其是专门供死者在阴间所用而非生者用具。陪葬品中除少量石质品、金属制品、木质漆器以外，被大量使用的就是陶制品，因为这种材质可历千年而不腐败。除饮食所用的器皿外，大量模拟生活场景并加以缩微的楼阁、仓房、灶台、兽圈、车马、井台、奴仆等陶器，共同营造出了尚在人间的虚幻环境，供死者享用。

明器当中的壶、尊、盆、罐之类器皿，一般都在素坯之外敷设一层粉彩，并不与胎体相融，稍摩擦便脱落；小型生活场景模型，外表都施加绿色低温铅釉，这种铅釉的含毒性已被当时人们所知晓，所以在日常生活用品中并不使用。对陵墓的重视，使这一时期出现了一种特殊建材——"圹砖"。"圹"就是指墓穴。圹砖体积较大，内部为空心，外表饰有图案，可连续排列，也可独立成为画面。砖面图案是模具拓印而成的，这是后世陶瓷器表面印花工艺的雏形。此外，在汉代陶器当中，瓦当的艺术成就也非常突出。

下面来看看我手头上的几件陶器。

陶鬲，是古代使用的一种炊具，形状似鼎，但多为圆口，支撑的三个足部中间为空心，且呈弯曲状，被称为"袋足"。这类陶鬲一般由灰陶土烧制而成，并被特意掺入大量沙砾，质地虽粗但更适应高温，并且能防止遇火时爆裂。收藏这类陶器一般讲究袋足的变化，如果是平常的尺寸，口径10厘米、高12厘米左右的价格都在200～600元的样子，如果大，价格就会多很多。用夹砂红陶、夹砂黑陶、泥质红陶、泥制黑灰陶制成的鬲、罐、釜、壶、豆等陶器，素面磨光，纹饰多蓝纹、方格纹、绳纹、旋纹和"S"纹等。

双耳壶，造型特别美观，耳朵和沿口相连，耳上还有几个圆形的装饰线。这类器物在当时应该是有颜色装饰的，现在只能看到一些不太明显的痕迹了。双耳壶一般的尺寸为17厘米高、18厘米宽，价格在600～1200元之间，贵贱由纹饰的独特和多少而定。

陶器的制作技艺多种多样，就地取材、粗料巧做、因陋就简、审美与实用相结合是其重要的特点，而闲适淳朴的格调才是其永恒的艺术魅力之所在。

（文章收入本书时有删改）

悦读指津

喜爱古玩、收集古董，是藏友的喜好与习惯，也是搞艺术、懂欣赏的人之所为。一抔土，沥水为泥，再经烘焙则成陶。由于施以火候和工艺技巧，这"陶"便根据烧结程度演变成了"陶器""硬陶""釉陶""瓷器"。中国博大的技艺，往往来自于民间：就地取材，粗料巧做，便制成了实用美观且格调淳朴的中华艺术瑰宝。

华表史话

刘惠琴

华表是我国古代一种特有的建筑艺术形式，在有文字记载之前的传说时代，很可能就已经出现。在此后很长一段时期，华表被广泛应用在陵墓、宫殿、城门、桥梁等重要建筑物前。在几千年的历史发展长河中，这一特殊的建筑艺术在功能及形式上，有其自己的演变轨迹。

华表有两个起源：一个是传说中仁君尧舜所设立的"诽谤之木"，用以观得失、纳讽谏；另一个则是一种柱形的标志，给人们指示道路，起到标识的作用。

关于第一种说法，在《淮南子·主术训》中提到："尧置敢谏之鼓，舜立诽谤之木。"《后汉书·杨震传》也载："臣闻尧舜之时，谏鼓谤木，立之于朝。"这些记载，无疑都是后世之人对儒家理想中所谓"大同之世，天下为公"的一种美好憧憬和附会。对于华表的标识作用，古代史籍中也多有记载，《汉书·酷吏传·尹赏传》中记载："（犯人死后）瘗寺门桓东，楬著其姓名……"其中，"瘗"就是埋葬的意思，这里所提到的"楬"，就是起标识作用的木柱，这与华表最初的标识作用是相同的。从这些记载来看，华表不管是竖立于道旁，给人指示道路，还是竖立于墓旁，给人标明位置，其标识作用都是非常明显的。

此后，由于厚葬之风在我国古代的盛行，华表在陵墓建筑中的使用得到了长足发展。同时，华表在材质上也开始由木制演变为石制。其中，秦君墓中的华表，在其下部的石础上浮雕二虎，其上立柱，石柱从平面来看是将正方形的四角雕成弧形，而不是正圆形。柱身上刻凹槽纹，上端以二虎承托矩形平板，镌刻死者的官职与姓名。

至魏晋南北朝时期，这种神道石柱的传统得到继承和发展，并进一步成为地位与尊严的象征，而其标识职能开始逐渐退化。在这一时期，已经出现华表成为帝王陵墓前建筑物的重要组成部分这一倾向。但华表依然并非皇家专属，也可被竖立于官吏墓前。至梁天监年间，其标识的功能已经开始退化，而逐渐成为"记名位"的地位象征了。

随着封建专制制度的完善和强化，华表在陵墓建筑中的这种作为尊严与地位象征的功能进一步得到发展。特别到了唐代，华表开始成为皇权的象征，成为皇族的专用仪仗。在昭陵及其陪葬墓中，除昭陵及新城公主、长乐公主墓前有石柱作为华表外，即使跟随李世民征战南北的功臣李靖等墓，虽获宠陪陵，但绝对没有作为华表的石柱。这说明，到了唐代，已经形成一种制度，只允许帝陵和某些嫡系皇族成员的陵墓前竖立华表。此外，在乾陵还形成一种定制，即有一对华表竖立于石雕群之前，作为神道的标志。以后历代的帝陵，都基本依此规制。

至宋代，这一制度被完整地继承了下来，在墓葬建筑中，华表也只在帝陵中有所发现。

在清代帝陵中，华表的这一演化趋势更加明显。在"清初三陵"之一的永陵中，没有发现华表。在努尔哈赤的福陵中，也没有单独的华表，只是在其神道前方，有一正红门牌楼，四柱三门，同明十三陵之龙凤门非常相似，亦用华表式的柱子组成，柱子上亦有小辟邪。在清太宗皇太极的昭陵中，则发现有两对华表，但都不在神道最前方做神道的标志，只是重要建筑物前的配套装饰品了。时至明清，华表已不再是帝陵前神道的标志了。

除了在陵墓上的广泛使用外，华表作为一些重要建筑物附属的纯粹装饰品功能也长期存在。如在陶渊明《搜神后记》中记载了这么一个故事：汉代辽东人丁令威，在灵虚山学道，后得道成仙，化鹤归辽，落在城门华表柱上。这时，有一少年拿弓箭射他，他只好飞起。在空中徘徊许久后，吟诗云："有鸟有鸟丁令威，去家千年今如归。城郭如故人民非，何不学仙冢垒垒。"之后冲天而去。这就是"华表鹤归"的典故。

这一传统，在唐宋时期也被继承下来。如白居易《望江州》诗中云："江回望见双华表，知是浔阳西郭门。"可知唐代在浔阳西郭门前，是竖立着一对华表的。又如在宋代张择端的《清明上河图》中，在上七桥两端也画有华表。到了明清，在把华表作为帝王死后陵墓仪仗的唐宋传统逐渐抛弃之后，其作为重要建筑物之附属装饰品的功能得到发展。例如，在作为明清宫殿建筑群之一的北京天安门前后就各有一对华表。这对华表质地为汉白玉，造型别致，雕刻精美，浑圆坚挺，上冲霄汉。华表上面是承露盘，盘上有一个小辟邪，称为"犼"。盘下面横插两块石板，上刻有连绵的朵云，所以称为"云板"。中间粗壮的石柱上，在层层回环不断的朵云中，盘绕着一条巨龙，龙四足，每足五爪，雕饰得绰约生动，跃然飞舞，真可谓"矫若游龙，呼之欲出"。华表下面还有八面形的须弥座，四周有石栏板围绕。华表连同须弥座，高9.57米，精致中不失雄浑。在人们心目中，这两对华表被神化了，把天安门后面的那一对华表上的石犼称为"望君出"，希望国君不要沉迷后宫，快出来体察民情；而把天安门前面的那一对华表上的石犼称为"望君归"，希望国君不要迷恋游山玩水，快回来处理政务，反映了人民美好而朴素的愿望。现在那雕饰精巧、造型优美的华表，在人们的心目中，已经同天安门一起，被看作中华民族、中国的象征和标志了。

（文章收入本书时有删改）

悦读指津

象征尊严与地位的华表，是中国古代一种特有的建筑形式。几千年来的朝代更迭和帝王变换，使得华表的类型与功能也在不断地演变着，其发展轨迹随着悠悠的历史长河不断地延伸。从观得失、纳讽谏到标识道路、记录名位，再到皇族的仪仗和神道的象征，华表作为中华民族的独特标志，将永远屹立在不朽的中华大地上。

民族建筑的生命之美

达 舒

建筑以"生命"为美，以"充盈的生命之气"为美，以"显示旺盛的生命力"为美。"宅以形势为身体，以泉水为血脉，以土地为皮肉，以草木为毛发，以舍屋为衣服，以门户为冠带。"建筑在中国古人的心目中是一个活的有机体，其环境与形制用"生命之美"来形容是最恰当的。

中国民居建筑体现着"无声的艺术"，如同诗文中的情感因素一样，在时间过程中慢慢展开。这种情感抒发大都在设计的理性渗透、制约和控制下，表现出情感的理性美。民族建筑艺术以抽象的体系、体积为审美对象，并体现出各民族的原生态生命之美。

被视为"凝固的音乐"与"石头的史书"的人类建筑，可分为三大体系：以中国建筑为代表的东方建筑体系，以欧洲古典建筑为代表的西方建筑体系以及以西亚建筑为代表的伊斯兰建筑体系。每种建筑形式各有其独特之美。

我们沿着历史的纵轴，梳理东方建筑体系的脉络，发掘东方建筑的"生命之美"。从新石器时期的半坡遗址到历代形式各异的建筑形式中，我们发现院落式、石建筑式、穹庐式、干栏式、土掌房式、窑洞式等建筑类型，很早就已形成体系，并呈现出鲜明的特色。只是中国与世界许多古文明不同，不是以石建筑为主而是以木建筑为主。

少数民族建筑，亦称"风土建筑"，风土建筑有很强的原生态性、民族性和地域性，是原始建筑的继承和发展。例如，干栏式民居在古代有"屋不瓦而盖，盖以竹；不砖而墙，墙以竹；不板而门，门以竹。其余若橡，……莫非竹者，衙署上房，亦竹屋"的说法，这不仅是历史的记录，也在现代少数民族建筑中真实存在着。

自然，永远是美丽的。建筑自始无意于模仿自然，原始的建筑不过是石、砖、土、木的堆砌，以供人遮蔽风雨。但人类对美有着本能的追求，希望它能为建筑说些美的语言，并借用建筑这无声的艺术，诉说历史最伟大的美丽与宏壮，诉说生命中或欢乐或悲怆的故事。

虽有建筑像凝固的音乐、像灵魂的舞蹈之说，但是在现代社会，"建筑呼唤艺术"，城市新建筑"缺艺术钙质"，远远地大略一望无差异、无个性、无审美乐趣可言的现象还是存在的。但我们欣喜地看到，现代北京的中国国家大剧院、鸟巢等建筑确实是充满了音乐性，又具有舞蹈感的，而这些建筑之所以美丽，正是因为它们的形态取之于人类的原生态之美。

中国民族建筑与自然调和，体现着"充盈的生命之气"，显示着中国人宁静、清朗的气韵，显示着我们严肃、方正的理性，展现着中国人平和与知足的精神和儒家思想。

《黄帝宅经》中说："人因宅而立，宅因人得存。人宅相扶，感通天地。"美的建筑与生命唇齿相依、相互辉映。希望我们的努力，能将这无声的艺术、有声的生命之美留给我们的民族，留给人类，回馈给大自然。

（文章收入本书时有删改）

悦读指津

从新石器时期的半坡遗址到历代形式各异的民居，再到当今霓虹闪烁的摩天大厦，建筑这个活的有机体始终以生命为美，这种"无声的艺术""石头的史书"，无时无刻不绽放着历史印迹的凝固美和时代气息的理性美。中国民族建筑依旧诉说着历史的伟大、生命的辉煌，并不断把生命之美、艺术之光回馈给大自然。

美丽的皇家园林

王瑞萍

历史悠久的中国园林，具有与欧洲古代园林不同的独特体系，无论是帝王营造的皇家园林，还是官宦豪富兴建的私家园林，都刻意追求自然美和艺术美为一体。颐和园博采各地造园手法，既有北方山川的雄浑宏阔，又有江南水乡的清丽婉约，并蓄帝王宫室的富丽堂皇和民间宅居的精巧别致，成为中国最著名的古典园林。

颐和园，集历代皇家园林之大成，荟萃南北私家园林之精华，是中国现存最完整、规模最大的皇家园林，是世界文化遗产之一。

颐和园主要由万寿山和昆明湖组成，占地约290公顷，水面占全园的3/4，集中了全国园林艺术的精华。构思最巧妙、最有特色的是长达700多米的长廊，长廊和廊中的绘画本身就有很高的艺术价值，长廊上14000多幅彩色绘画，构成一条五光十色的画廊，洋溢着浓厚的民族文化气息。另外，长廊还起到了将园内各个景点有机地联系起来的作用，烘托出园林整体的美。

出长廊，进排云门，面前就是紧依万寿山的排云殿。沿殿两边斜线上行，穿德辉殿，登114级台阶，就到了万寿山的佛香阁。这座八面三层四重檐的佛香阁，内供接引佛，当年每月朔望，慈禧便在此烧香礼佛。佛香阁是颐和园的标志，也是中国古代建筑的杰出代表。

万寿山以南，是碧波荡漾的昆明湖，西部是仿杭州苏堤而建的西堤，将湖面分为东西两半，西堤有六座桥梁，以玉带桥最为有名，远远望去，如玉带轻飘。与西堤相接的东堤是一道石造长堤，中段有仿卢沟桥而建的十七孔桥，望柱上有神态各异的石狮。昆明湖烟波浩渺，气象万千。三座大岛、十七孔桥等与万寿山遥相呼应。

颐和园三大景区，既有湖光山色，又有庭园美景。各式宫殿、寺庙和园林建筑3000余间，不同特点的建筑群落自成一格又相互联系。它巧妙地借西部玉泉山作为它的大背景，把人工建设与自然风光和谐地融汇在一起，从而成为中国园林艺术的典范。

作为清代政治活动的重要场所，颐和园记录了宫廷生活的许多史实，反映出清王朝由盛到衰的历史侧面。万寿山古称"瓮山"，山下之湖名为"瓮山泊"，明代被喻为杭州西湖，称"西湖景"，引来不少文人墨客的登临，留下许多优美诗篇。由于这里山清水秀，每至盛夏，十里荷花，香气袭人。颐和园虽然寓意繁丰，但突出地体现着皇权与神权的至高无上，无一处不是悠久历史的深厚积淀，无一处不渗透着民族文化的丰厚底蕴。

这座为帝王建造的古典园林，自对外开放以来，每年接待中外游客达数百万人，现已成为中国最著名的旅游景点之一。1961年，国务院确定颐和园为第一批全国重点文物保护单位。1998年，颐和园被联合国教科文组织正式列入《世界遗产名录》。

（文章收入本书时有删改）

悦读指津

谁说历史的脚步永不停歇？谁说清丽婉约唯有江南？当王宫和民宅错

落有致，当山川与水乡和谐唯美，当历史与民族积淀丰厚，我们说："这是文化为媒。"万寿山上，奇花绽香；长廊画卷，彩绘争艳；曲径通幽，感叹古今；昆明湖中，千舟竞渡；十七孔桥，连通古今；颐和园林，气象万千。在诗情画意间，历史被凝固……

盆景艺术的相通共融

谢荣耀

盆景，或追求闲情逸致，或追求雅俗共赏，或追求技艺精炼，或追求发展创新，如此等等。无疑这些都是盆景艺术所要追求的目标。但除以上之外，我还希望追求盆景艺术的相通共融。

何为盆景艺术的相通共融？它包含了两个方面的意思：一是人树相通，二是情景共融。我把它作为自己从事盆景创作实践和艺术探索的目标，也是自己在不断提高技艺和创新的同时，不懈追求和希望达到的一种境界。

首先是人树相通。

所谓人树相通，就是盆景创作者与所创作的树桩相互沟通、相互融洽、你中有我、我中有你的一种状态。这种状态，即诗画等艺术创作中物我同化、物我两忘的境界。它是艺术创作中作者在构思进入最微妙的阶段，凝思之极，达到主体与客体融合一致的结果。其产生的作品必然是形神兼备，不露人工痕迹。

这种状态，经常出现在名家的艺术创作和作品之中。如唐代诗人李白有一首《独坐敬亭山》诗，诗云："众鸟高飞尽，孤云独去闲。相看两不厌，只有敬亭山。"写诗人与敬亭山相互对坐，默默相看，虽不发一语却达到相互欣赏、相互交流、心灵相通的境界。诗人把山人格化了，他自己也成为山的精神性格的组成部分，而真正达到了物我两忘，融为一体。

好的盆景艺术创作同样需要这种物我同化、物我两忘的状态。我追求的人树相通，就是力求达到这样一种境界，它不仅出现在盆景创作的构思阶段，而且贯穿于盆景创作和欣赏的过程。

我自己经常有这样的体会：找到一棵自己觉得满意的盆景桩材，兴奋之情溢于言表，往往对着它久久凝视，细细品味，苦苦构思。有时看得多、想得多了，二者之间自然产生一种默契和共鸣，心中也就有了它日后将变成的模样。过去画家下笔前的胸有成竹，以及郑板桥的"日间挥写夜间思""画到生时是熟时"，大概也是这样一种境界。

在后来的盆景成型和欣赏过程中，同样会出现这种人树相通的状态。若你视盆景为知己，给予它足够的关爱和心血，它也会视你为朋友，为你奉献一切，给你喜悦，给你欢乐，与你分享，与你相通。工作之余，我喜欢待在家里天台小小的盆景园中，或浇水施肥，或剪枝摘叶，看着一盆盆自己亲手栽培的盆景，那种喜悦的心情不言而喻。有时对着作品痴痴地看上半天，真有"相看两不厌""不知我是谁"的感觉。这时，没有了尘嚣，没有了世俗，没有了烦恼，没有了浮躁，余下的只有盆景中的我和我心中的盆景。正如我在创作及欣赏《南岭古道春风》这件榕树盆景作品时，借用了两句诗——"不闻世上风波险，但见壶中日月长"，把其中的"壶中"改为"盆中"，就是当时这种状态的形象写照。

再就是情景共融。

所谓情景共融，就是盆景创作者把自己的情感赋予盆中的景物，借景抒情，托树言志，达到景在盆内而情溢盆外，也就是我们常说的形神兼备的艺术境界。它与前者人树相通密切关联，是前者的进一步深化。

中国传统的思想文化精髓——天人合一，在古典文艺创作中具体表现为情景共融，而且由此创造出深远的意境。情景共融是我国文学艺术创作中的重要理论，以情景共融构成的意境是我国古代文学作品成为上乘佳作的重要因素。李白脍炙人口的《静夜思》——"床前明月光，疑是地上霜。举头望明月，低头思故乡"，就是通过写静夜的月光，寄托了诗人那种强烈的思乡情感。诗的前半部分是写景，但景中有情；后半部分是抒情，而情中有景，这时情与景达到了高度的融合。

盆景作为一门艺术也要追求这种至高的境界。为追求这种境界，我在从事盆景创作的实践中，经常从文学艺术特别是古典诗词里汲取养分，不断丰富和充实自己，并从中得到艺术的启发和借鉴。如我创作《故乡的榕树》这件作品，树胚不大，但头根发达，树形矮壮，且下托较低，是创作古榕树"型矮仔大"的胚材。我从散文《故乡的榕树》中得到启发，在创作过程中，倾注了游子浓浓的思乡情结及自己对乡村生活和淳朴民风的向往。作品整体给人根深蒂固、基稳厚重、沧桑古朴的感觉。它如故乡村头的榕树，历经风雨，岁月的流逝在它身上留下深深的痕迹。它阅尽古今，见证了多少世事的变迁和人间的悲欢离合；它开枝散叶，哺育了一代又一代的故乡人；它铁骨柔肠，记挂着远在他乡的游子，张开双臂随时迎接他们的归来！这就是我力图在作品中所要表现的主题和情感。

我追求盆景的情景共融，还体现在力求使盆景作品反映自己的生活态度和人生追求上。生活态度和人生追求是由一个人的经历及世界观决定的，也是形成个人性格的关键因素。好的艺术作品，都深深打上了作者的个性烙印。这样的作品，除自己与作品产生共鸣外，还能打动别人。我在创作《莫道屈曲无远志》这件作品时，就有意识地把自己的这种态度和追求融入树景之中。该作品树身中部形成对折死曲，不是盆景的常规形态。我调动自己的人生及盆景创作经验，因材施艺，顺势设计枝托布局和树势走向。树形虽低矮屈曲，却不失蓬勃生气和顽强进取的精神。为此，我还专门为它赋诗一首："高处不如低处暖，上山容易下山难。莫道屈曲无远志，顺势而为品自高。"这时，情与景已融于一体，人与作品的精神也得到了升华！它既是作品的神韵所在，也是我对生活的态度和追求。

我对盆景艺术的追求永无止境。从起初的怡情养性，到技艺创新，再到相通共融，是一个不断认识、不断提高、不断深化的过程。我会朝着自己的目标继续探索和追求。

（文章收入本书时有删改）

悦读指津

人们的追求缘自对生活的独特感悟。本文作者的艺术追求，就缘于一些不为人注意的树桩枝丫，他把自己的人生感触与神思遐想全部倾注到他所痴迷的盆景艺术里，在不断地创作中，体会到了生活的乐趣与人生的真谛。一盆好的盆景，往往是人树相通和情景共融的，具备了这些，它才会给人们带来缓解压力、怡悦心神的美妙功效。

有山在而水自流

姚 伟

"咕咕叽叽杨屯，小猴八戒骑马人。狮子双响大小燕，能看能玩真有神。"浚县泥咕咕历史悠久，乡土气息浓厚。但这一地方性杰出民间艺术，在过去被贬为"俗物"，被一般文人看不起，认为它难登大雅之堂。因此，艺人不上石碑，作品不入史册，泥咕咕的发展过程和曾产生的著名艺人，已经湮灭在历史的尘埃中。但虽历经沧桑，这门民间艺术却历代相传，生生不息，至今仍保留着传统的艺术特色，成为农民为数不多的艺术欣赏品。

泥咕咕的题材很丰富，人物、飞禽、走兽千姿百态，如马、猴、羊、牛、猪、燕子、咕咕（斑鸠）、狮子、瓦岗英雄以及三国人物等。

这种古老朴拙的民间玩具，沉淀着深厚的民族审美情趣，寄托了人们对美好生活的向往。如憨态可掬的猪八戒、神气活现的小马和骑马人，为人们带来轻松和欢乐；而小姑娘抱寿桃，象征人寿年丰；小娃娃抱个大公鸡，又有子孙繁衍的吉祥含义。大小咕咕、大小燕子，满身彩绘了各式各样的花卉和装饰纹，色块鲜明，光彩夺目。1000多年来，一代代艺人，将自己的才华、情趣和对生活的理想与寄托，留存在小小的泥咕咕上，使其成为独特的艺术品，往往在粗犷憨厚中凸现一种灵气。

做泥咕咕的原料和工具都极简单。村外的田野里，多的是黄河留下的黄胶泥。将地里的黄胶泥运回家，先晒干，然后碾碎过筛，再掺水和匀，用木棍捶打几遍，使其变得柔软细腻，像面团一样。工具只需两样：一根三寸长竹棍，削成一头粗一头细；一个三寸长竹管，管口黄豆大小。双手搓、拉、捏、掐的同时，用这两样工具雕画鼻、眼、嘴和身上的花纹。小小的一块黄泥，转眼就变成了一个活灵活现的小动物。

刚刚捏好的泥玩具容易变形，要晾干或放在锅台上烘干，然后用黑色或棕色颜料打底，再描绘上大红、大绿、大黄、大蓝等颜色的各种花纹。以黑色做底色，能让其他颜色鲜艳亮丽，这是民间艺人长期实践摸索出来的规律。

彩绘的笔，都是用狗毛自制而成的，笔锋尖，弹性好，用起来灵活顺手。

经过彩绘的泥咕咕，在阳光的照射下，五彩缤纷，煞是好看。红、绿、黄、蓝等色彩把胶泥的本色完全覆盖了，不知道底细的人，都想不到那些栩栩如生的小动物是泥做的。

五彩缤纷的泥咕咕，已经在浚县大地上走过了1000多年的历史。由于以前没人把泥咕咕当艺术，留下的史料极为有限。远逝的岁月我们已经无法了解，只近几十年，泥咕咕就几经盛衰变化，有时如大河滔滔，有时如潺潺溪流，但总是保持着一种生命的活力。

20世纪70年代末，改革开放伊始，家家户户都捏起了泥咕咕。至20世纪80年代初，泥咕咕在庙会上空前兴盛，那种盛况一直延续到20世纪90年代中期。

村里代代相传，各家各户彼此竞技。在传承千年的过程中，杨屯出现了众多的杰出艺人，但因为过去民间艺术不为人所重视，所以他们都没留下什么名号。但在20世纪80年代，村里还有王蓝田、李永连、王廷良、侯全德等几位堪称大师级的艺人，他们技艺精湛，各自有独特的风格。"我捏我的样，你捏你的样。我照你的照不成，你学我的也学不好。"王蓝田擅捏小动物，细腻精致、生动有趣。李永连的作品粗犷豪放、夸张大胆。王廷良则喜欢捏瓦岗军人物，如秦琼、程咬金、罗成等，造型简单而颇为传神。秦琼双手托着美髯，表情沉着稳重，具有大将风度；程咬金，右手握剑，左手捋着胡须，一副顶天立地的大丈夫形象；徐茂公则手拿拂尘，双眉微皱，似乎在运筹军机大事……

即便如此，20世纪90年代中期之后，泥咕咕又一次走入低潮。

如今的庙会上，泥咕咕完全没有了从前的风光。我们在正月庙会上看到，卖玩具的摊位比比皆是，但大多是塑料玩具和电动玩具，花样繁多，琳琅满目。卖泥咕咕的不多，并且不是提篮叫卖，只是在熟人的摊位前摆个小摊。与20世纪80年代泥咕咕最兴盛的时候相比，让人感觉恍若隔世。

"现在儿童玩具市场发展很快，各种玩具应有尽有，泥咕咕市场明显萎缩。"浚县文化局一位负责人分析说，"市场的萎缩，必然导致经济效益的减少，其结果必然是从事这一行业的人员减少。"

这种民间艺术能传承千年，很大程度上是因为它与老百姓的生存息息相关。一旦杨屯人的生存问题与泥咕咕完全无关了，它的传承就可能发生问题。

浚县的庙会仍旧热闹非凡，仍有很多人喜欢并购买泥咕咕。村里的一些老人，平时没事还要捏些泥咕咕。而冬天，外面的活儿少，一部分杨屯人就回到村里，捏些泥咕咕到庙会上卖。对于他们来说，这笔收入还是必不可少的。

这两年，传统文化热潮涌动，民间艺术受到更多人的喜爱。杨屯人已经感到，泥咕咕的生存状况正在好转，一些有才华的年轻人不再外出打工，他们相信自己可以靠泥咕咕谋生，开始走上专业创作泥咕咕的道路。

对于杨屯来说，这可能是延续千年传统的希望。

悦读指津

一件记载悠久历史、充满乡土气息的"俗物"，却历经沧桑，生生不息，世代相传。河南浚县的泥咕咕不仅有着鲜艳明丽的色彩，更拥有一种生命的活力。这门题材丰富、古老朴拙的民间艺术珍品经世代民间艺人长期实践摸索，至今仍保留着传统的艺术特色，象征了浚县这片炽热土地上质朴农民们对美好生活的热爱与追求。

漫谈中国风筝艺术

刘 卉

在漫长的岁月里，我们的祖先创造出许多优美的凝聚着中华民族智慧的文化艺术，反映人们对美好生活的向往和追求。其中，中国传统的风筝艺术渗透着我国的传统文化艺术，因而在民间广泛流传，为人们所喜闻乐见。

风筝又名"纸鸢""风鸢""木鸢"，是我国古老的发明。放风筝在我国已有2500多年的历史。自风筝诞生以来，放风筝成了一项很好的健身娱乐活动，男女老少，几乎人人都喜欢。当你把风筝放到蔚蓝的天空中自由翱翔时，那畅快的心情是无法用语言来形容的。

从唐朝开始，风筝逐步传到民间。到了晚唐，风筝上已有用丝绦或竹笛做成的响器，风吹声鸣，借助风力，笛孔作响，声如古代乐器"筝"的声音，因而有了"风筝"的名字。

到了宋朝，风筝已有很大发展，品种增加，性能提高，并与人民生活产生了密切的联系。如北宋张择端的《清明上河图》和苏汉臣的《百子图》中都有放风筝的场面；明朝画家徐渭写过很多与风筝有关的诗，如："柳条搓线絮搓绵，搓够千寻放纸鸢。消得春风多少力，带将儿辈上青天。""我亦曾经放鹞嬉，今来不道老如斯。那能更驻游春马，闲看儿童断线时。"

清朝的玩风筝之风更盛。传说慈禧曾派太监专程到天津找"风筝魏"扎一个"寿星老骑仙鹤"风筝给她玩。现在故宫里还收藏着三只溥仪玩儿过的大风筝。曹雪芹在《红楼梦》七十回中生动地描写了大观园中姐妹们放美人、大鱼、蝙蝠、凤凰、沙燕等各种风筝的情景。可以说，中国玩具风筝在这时发展到了相当高的水平。

其实，从唐宋时期开始，中国风筝逐步向世界流传，如流传到日本、马来西亚等国家，然后传到欧洲和美洲等地。在欧美产业革命形势的影响下，中国的玩具风筝开始在那里向着实用的飞行器发展。经过英国的凯利、澳大利亚的哈格瑞夫、德国的李林达尔等人的努力，最后由美国的莱特兄弟造成了最早的能载人飞行的飞机。

因此，在美国华盛顿宇航博物馆的大厅里挂着一只中国风筝，在它边上写着："人类最早的飞行器，是中国的风筝和火箭。"到明清时期，风筝已风行世界各地，并受到各国人民的喜爱。在法国巴黎，成立了法国风筝俱乐部；法国北部的耶迪普城，每年举办一次国际性风筝节。在日本著名的东京博物馆内，设有专门展览风筝的展室。

经过历代发展，我国逐步形成了四大风筝生产中心，在国际上享有很高的知名度。

1. 北京风筝：北京风筝的品种很多，传说曹雪芹所著的《南鹞北鸢考工志》中就有四十多种风筝的扎法，现存的一本《北平风筝谱》中收集了二百余种北京风筝。在众多的北京风筝中，有一种性能最好、对全国风筝影响最大也最具有代表性的风筝，就是外形像一个"大"字的"沙燕儿"，也称"扎燕儿"或"沙雁儿"。

"沙燕儿"的头是燕子头的平面变形，它的眉梢上挑，两眼有神，被赋予了人的感情。再加上那对剪刀形的尾巴，使人看了就会想到燕子。人们在沙燕儿的膀窝、腰节、前胸和尾羽等处加上蝙蝠、桃子、牡丹等吉祥图案，寓意着幸福、长寿和富贵等美好的愿望。

2. 天津风筝：天津风筝也很多，但以软翅风筝最突出。运用软翅结构，不仅可以做成飞鸟或昆虫的翅膀，还能做成在金鱼身边游动的鳍或武士背后飘扬的旗，还可以把很多小的软翅排列在一起，组成一个大风筝。例如，用几个蝴蝶围绕着花丛组成"百花齐放"，用很多鸟围绕着凤凰组成"百鸟朝凤"等。

除一般的软翅之外，天津的鱼、虾、蟹等水族风筝和福、寿、喜等字形风筝也堪称一绝。

3. 山东潍坊风筝：山东风筝历史久远，其中以潍县（现在的潍坊市）为最。郑板桥有诗曰："纸花如雪满天飞，娇女秋千打四围，飞彩罗裙风摆动，好将蝴蝶斗春归。"《潍县志》也记载："清明，小儿女作纸鸢、秋千之戏。纸鸢其制不一，于鹤、燕、蝶、蝉各类之外，兼作种种人物，无不惟妙惟肖、奇巧百出。"

山东潍坊风筝主要有三种基本造型：串、硬翅和桶。其中以串式风筝最突出，据说这是早年受了龙骨水车的启发而制造的，现在已发展成许多品种。山东潍坊的长串风筝除蜈蚣外，还有各种不同的题材，如"梁山一百单八将"就是把一百零八位梁山好汉做得个个神态不同、栩栩如生，放上天去排成一队，各持兵刃随风飘动。

4. 江苏南通风筝：江苏南通风筝中最有特色的是"六角板鹞"，它是由一个长方形和一个正方形组合而成的有六个凸角的风筝，也有由几个这种风筝组合在一起的"七连星"或"九连星"等。这种"六角板鹞"，大的有几米高，上面装有数十支甚至数百支大小不同的哨口。放上天去，这些哨口发出不同的音响，像一支大型乐队在空中合奏，声音可传到几里之外，十分雄壮。

放风筝是在世界各国广泛开展的一项群众性体育娱乐活动。我国是风筝历史最为古老悠久的国家之一，放风筝是一种老幼皆宜、健康身心的娱乐性体育活动。它既能就地取材、制作方便、容易普及，也可以精细制作，显示不同民族的精湛工艺水平和美术构思。近年来，由于放飞技术的发展，风筝日益成为竞技性很强的体育活动。随着国际交流活动的日益频繁，放风筝也逐渐成为深受国际友谊交往和文化体育交流欢迎的媒介。

（文章收入本书时有删改）

悦读指津

色彩鲜艳、灵动传神的风筝，是我国民俗文化的重要内容之一，已在中华大地的上空飘扬了两千多年，并已流传到世界各地。寓意着幸福长寿的北京"沙燕儿"风筝，福、寿、喜等字形的天津风筝，栩栩如生、排成一队的山东潍坊风筝，雄壮合奏、声传几里的江苏南通风筝，都使就地取材、制作精细的风筝永远承载着古老浓郁的中国文化色彩。

中国民间剪纸

闻华旺

剪纸是中国民间流行的一种历史悠久、流传广泛的艺术形式。所谓剪纸，就是用剪刀将纸剪成各种各样的图案，如窗花、门笺、墙花、顶棚花、灯花等。每逢过节或新婚喜庆，人们便将美丽鲜艳的剪纸贴在家中窗户、墙壁、门和灯笼上，节日的气氛也因此被烘托得更加热烈。在农村，剪纸通常是由妇女、姑娘们来做。在过去，剪纸几乎可以说是每个女孩所必须掌握的手工艺术，并且被人们作为品评新娘的一个标准。

从一些考古遗存发现，剪纸至迟在北朝时期就已经出现了，至今已有1500年的历史，当时的剪纸技艺已经相当精熟。隋唐以后，剪纸艺术日趋盛行。唐代还出现了专门描述剪纸的诗句。《剪彩》诗写道："剪采赠相亲，银钗缀凤真。叶逐金刀出，花随玉指新。"描绘出了唐代佳人剪纸的优美动作和剪出的花鸟草虫的美丽效果。到了宋朝，开始出现了剪纸行业和剪纸名家。到了元代，剪纸开始普及。明清时代，是剪纸发展的高峰期。

剪纸的题材丰富，寓意广泛。祥和的图案祈望吉祥辟邪；娃娃、葫芦、莲花等图案象征多子多福；家禽、家畜、瓜、果、鱼、虫等与百姓生活息息相关的题材，也是剪纸表现的重要内容。此外，除了剪窗花，剪纸艺术还可以制作绣花用的花样和送礼时的装饰，它是一种实用的民间艺术。剪纸作为一种民间艺术，具有很强的地域风格。陕西窗花风格粗朴豪放、单纯简练；河北蔚县和山西广灵剪纸加染色彩，浓厚中透着秀美艳丽，其戏曲人物尤具特色；江苏南京剪纸淳厚，粗中有巧；宜兴剪纸华丽工整；南通剪纸秀丽玲珑；广东佛山剪纸色彩富丽、手法多变、装饰性强；山东高密剪纸细腻精巧、一丝不苟。

剪纸艺术虽然制作简便、造型单纯，但它包容着丰富的民俗和生活内涵，它是对许多种民间美术表现形式的浓缩和夸张，因而比较集中地体现了民间艺术的造型规律、创作构思及作品的形式特征。对民间剪纸的了解和研究，是通向欣赏和认识繁杂多样的民间美术的捷径。

剪纸也是一种民俗艺术，它的产生和流传同农村的节令风俗有着密切的关系。例如，窗花、门笺、灯花便是在春节或元宵节时贴挂的。在北方的农村，过年时，窗上新糊了雪白的窗纸，上面贴上红红绿绿的窗花，门顶、窗前贴上门笺，元宵节夜晚的灯笼上贴上灯花，把新年的气氛营造得浓浓的。喜花是结婚时作为对新房的布置，张贴在室内家具和器物上的。同样，寿花或丧花也是在过生日或办丧事时张贴的。墙花和顶棚花是布置房间时分别贴在墙上和屋顶上的。总之，它们大都是用作布置环境、增强环境气氛，贴在庭院、居室或器具上的。

剪纸完全是用手工制作的，常用的方法有两种：剪刀剪和刀剪。顾名思义，剪刀剪是借助于剪刀，剪完后把几张（一般不超过8张）剪纸粘贴起来，最后再用锋利的剪刀对图案进行加工。刀剪则是先把纸张折成数叠，放在由灰和动物脂肪组成的松软的混合体上，然后用小刀慢慢刻画。剪纸艺人一般是竖直握刀，根据一定的模型将纸加工成所要的图案。和剪刀相比，刀剪的一个优势就是一次可以加工成多个剪纸图案。

（文章收入本书时有删改）

悦读指津

诞生并流传于民间的剪纸艺术，已拥有1500年的悠久历史。它多为烘托热烈的节日气氛而制作，所以深受注重民俗、节气的老百姓喜爱，也是剪纸至今得以盛行的原因之一。鲜艳的颜色，多变的样式，再配上优美娴熟的剪刻动作，使剪纸成为一枝独秀，绽放在中国民俗艺术的行列之中。

弗拉明戈：流浪者的舞蹈

李舒岩

曾经有朋友问我，如何才能彻底地体会到独特的西班牙风情，我说："如果没有去过西班牙南部的安达卢西亚，那不算真正到了西班牙，因为只有那里，才有真正的斗牛，才有真正你想看到的弗拉明戈舞，以及一群热情的并且为她付出一切的歌者和舞者。"

在吉卜赛人的血液里

形同阿根廷的探戈，西班牙的弗拉明戈以她特有的魅力吸引着无数人的眼球，究竟是什么让这个出身并不高贵的艺术形式如此迷人？

有人说："弗拉明戈是吉卜赛人的舞蹈。"而吉卜赛人总爱说："弗拉明戈就在我们的血液里。"从历史上来说，弗拉明戈一词源于西班牙的阿拉伯语。说到这里，还要追溯到1492年卡斯蒂利亚女王伊莎贝拉一世和她的丈夫斐迪南的军队攻下了统治伊比利亚半岛南部7个世纪的摩尔人的最后堡垒——格拉那达城，完成了伊比利亚半岛基督教势力对伊斯兰势力数个世纪的收复失地运动。因为他们宣布采取宗教宽容政策，在安达卢西亚生活的摩尔人和犹太人得以和平归顺。但是到后来，"异端裁判所"说服了伊莎贝拉和斐迪南背信弃义，强迫摩尔人和犹太人要么皈依基督教，要么就迁到非洲去。光在1499年就有5万摩尔人被迫接受洗礼，然而更多的摩尔人、犹太人混迹在吉卜赛人中逃往乡下和山中。这时的他们流离失所，无比绝望，他们悲凉地唱起歌，歌声中夹杂着大量的悲愤、抗争、希望和自豪的情绪宣泄。在晚上，犹太人和摩尔人围着火堆，跟着流浪的吉卜赛人跳起了舞，这就是最初的弗拉明戈舞。

弗拉明戈舞是一种即兴舞蹈，没有固定的动作，全靠舞者和演唱者、伴奏者以及观众之间情绪的互动。最初的弗拉明戈只包括弗拉明戈清唱，后来出现了弗拉明戈吉他的伴奏，以及有节奏的拍手或者踢踏，然后再配以舞蹈。近些年还出现了一些别的伴奏乐器，如舞娘手中的响板和卡宏（一种敲击木箱），不过不管怎么发展，歌唱仍然是弗拉明戈的核心。

在狂放的韵律中

正巧最近迎来了马德里2010年的弗拉明戈艺术节，主办方邀请了很多最优秀的弗拉明戈艺术家在马德里进行持续一个月的演出。由于起源的原因，当代著名的弗拉明戈舞蹈家大多是吉卜赛人，其余的也是来自于安达卢西亚地区。经过了很长的时间，有些很优秀的艺术家们不再安于传统的弗拉明戈，他们将很多音乐元素糅合在了一起，同时在卡宏、响板和弗拉明戈吉他的基础上，又加入了钢琴、架子鼓、小号、长笛等各式乐器。

很惭愧来了西班牙那么久，居然连一次弗拉明戈的表演都没有看过，既然碰到这样的节日，索性就看个够，看看它究竟有什么迷人之处。表演的地方不再是富有安达卢西亚风情的小酒馆，今天的弗拉明戈表演好像是一场摩登的演唱会。

为我们带来演唱的是来自海滨城市维尔瓦的弗拉明戈女歌手，她美丽的脸庞上写满了忧伤。在弗拉明戈里，艺术家的天分和人生经历比技巧更重要，悲凉的嗓音，仿佛一下子把人拉到了痛苦的悬崖前。她的歌声，有一种对生活歇斯底里的咆哮，时而忧伤，时而轻快，如同浪尖上的小舟，生活不就是这样，那条线永远是曲线。打节拍的人伴随着歌声，有规律地拍着手、跺着地，敲击着卡宏的帅气小伙子也随着歌声的节奏，忘情地敲击着木箱，吉他声不停，拨动着人的心弦。因为歌词随着不同的变调唱出来，我有些听不太懂歌曲的意思。去年在塞维利亚的时候，一个弗拉明戈乐手跟我说，真正唱得好的歌手，他们表演的时候，观众都会因为气氛而落泪，可惜我的西语水平有限，不能去体会那些押韵的歌词含义。

看完了一场歌的表演，第二天我早早来到剧院，看舞者的彩排。我到得有些迟，进去以后，看到一个留着披肩长发的小伙子，赤裸着上身正在疯狂地用皮鞋打拍子。有人说，"弗拉明戈是最能享受音乐，将音乐掌握得最精确的舞蹈"，在弗拉明戈舞蹈中，除了歌曲，吉他和响板的伴奏外，舞者时而配合节奏拍手，时而脚踩地增强韵律。随着音乐表现的变化，舞者的肢体表现也随之或哀凄，或欢愉，仿佛是灵魂最深处的展现。

生活就像斗牛艺术，这场表演是由新、老两位舞者合作完成的。年轻舞者充满了活力，优雅的舞姿，配合着小提琴声，如同一个年轻的斗牛士开始和生活做起了斗争。他脚踏地板的速度越来越快，开始让人有些目不暇接，而富有经验的老舞者则像一个老练的斗牛士，充当着这个年轻而又有活力的斗牛士的老师。舞蹈是一种肢体语言，每一种艺术都是人对生活的感慨和宣泄。舞者时而疯狂地扭动身躯、踢踏着地板，时而又动作舒缓、表情忧郁，这正是表达人生的高潮和低谷，弗拉明戈舞将它诠释得淋漓尽致。

其实到了今天,"弗拉明戈"这个词,不仅是一种特定的舞蹈名称,也被用来形容一种人生态度。弗拉明戈不仅是歌、舞和吉他的三合一艺术,也代表着一种慷慨、狂热、豪放和不受约束的生活方式。

(文章收入本书时有删改)

悦读指津

独特的西班牙风情,不仅是激烈的斗牛,更有热情奔放的弗拉明戈舞蹈。它特有的魅力,让流浪的吉卜赛人跳起了舞,即兴到清唱,加之伴奏,再加上动作。歌舞者表演时,观众都会深受感染,或狂欢,或落泪。生活就像斗牛,充满激情与挑战,一场年轻的表演无时无刻不充满着生命的活力。弗拉明戈舞,将音乐与生命诠释到了极致。

‖ 吹糖人 ‖

吴 锦

一提起吹糖人,耳朵里仿佛又听到糖人艺人那不紧不慢的铜锣声,眼前又看见一身尘土、满脸沧桑的糖人艺人或是背着摇晃的两只肥硕小糖猪的小木箱,或是挑着一个担头插满了唐僧师徒四个小糖人的小担子,从小巷的尽头冉冉而来。而附近听到铜锣声的孩子们嘴里欢呼着,争先恐后地围在吹糖人摊子周围,用小手里紧紧攥着的钢镚儿或牙膏皮换取自己最心仪的糖人。

吹糖人技艺始于明末清初,据说老北京城是吹糖人手艺最高的地方,制作工艺流传几百年却没有大的改变。铜锣声一停，吹糖人的艺人将背着的木箱子或是挑的担子放下来，再打开折叠凳子坐好，掀起箱子盖，重新整理下工具材料，把已做好的样品糖人插在稻草捆上，不用说话，四周一定早已围上了几圈眼里充满了期待的大小孩子，这生意就开张了。

吹糖人的材料和工具很简单。糖料是由蔗糖与麦芽糖混合后熬成的糖稀，相当黏稠，适合吹泡塑形。粘在糖人上的把手是麦秸做的，一定没有节，这样中间空着好吹气。趁手的工具一般有剪刀——剪麦秸用的，还有一把小铜勺，倒腾糖稀用的。铜勺的柄一般很细，上面还有一个小圆突起，是给糖人摁眼睛鼻子用的。

加热糖稀的小炉子算是最大的设备了。如果是挑担子，就独占一边；如果是背的木箱子，就占了木箱子的下面三分之二的空间。燃料一般是木炭，偶尔也见用碎煤的。糖稀熬软了，变成金黄闪亮的液体，就可以用了。孩子们都瞪大了眼睛，准备看艺人如何表演。

吹糖人，关键在一个"吹"字，手艺好坏就看"吹功"如何。艺人热好糖稀，拿剪刀剪下三四寸长的一段麦秸，中间不能有节，用一头蘸上一大团糖稀，鼓起腮帮子从另一头吹气，而且吹得要有力而平缓。吹气的时候，艺人用一只手拿着麦秸，另一只手就要在糖稀刚吹出泡来的时候拧住还未成标准圆形的糖泡泡顶头往外拉。拉多少，向哪个方向拉，就决定了糖泡泡的基本造型，也就是糖人的主要部分。比如，吹一只老鼠，泡泡就要拉得长一点，再向上翘一点，让老鼠的肚子显得特别肥大。吹好泡泡，剩下的就是往主干上添加附件了，一般是头部五官啊、尾巴啊、翅膀啊什么的。有的部件，比如，手和腿，比较长，就需要单独用一小团糖稀先做好了，再粘在主干上；而耳朵、鼻子什么的就直接在主干上用手捏出来，或者拿铜勺柄摁出来。

吹糖人以动物造型居多，体态丰满，常见的是以十二生肖为内容。而唐僧师徒是最常见的招牌糖人，孩子们嘴上说最喜欢孙悟空，可真要是掏出钢镚儿来买糖人，或是拿出牙膏皮什么的换糖人，那是一定要选猪八戒的。据说猪八戒肚子大，所以用的糖稀多。有的艺人还带着一个画着花、鸟、兽、虫的圆盘，交过钱后可以转动盘上的指针，指在哪儿就做什么，以此来吸引孩子。过去糖人很便宜，在不富裕的时候是儿童很喜爱的玩物。20世纪80年代初，几分钱或几个牙膏皮就可以换一个糖人。

看着一团糖稀在艺人手中变出不同的人物或动物造型来，孩子们的眼睛瞪得更大了，有的连嘴巴也合不上了，任凭口水拖到地上。那时候家家经济紧张，倘若买了或换了糖人回来，舍不得吃，先看上两天，最后还是进了肚子，先观后用往往是糖人最终的归宿。

其实传统糖人的做法至少有三种，吹糖人只是其中最常见的一种罢了。其他两种是画糖人和塑糖人。画糖人是在石板上用糖浆画出来，石板多用光滑冰凉的大理石，用时在上面涂一层防粘的油。糖稀熬好后，用小勺舀起，在石板上浇出线条，组成图案。因糖稀在石板上很快就冷却了，所以要一气呵成，制作过程很是精彩。待造型完成后，用小铲刀将糖画铲起，粘上竹签，稍后凝结即成。画糖人多流传于四川各地，以自贡地区的品种最多。糖画的内容多为鸟、兽、花、虫，也有些高手制作复杂的戏剧人物，甚为精妙。所谓塑糖人，就是拿了模具塑糖人，不过因其费糖稀，所以更为少见。

吹糖人无疑是我们儿时记忆中最为温馨的一个画面，相对于剪纸、年画等传统手工艺，吹糖人显得有些小儿科，但最为贴近人们的生活。糖人玲珑剔透的身姿，师傅熟练灵巧的手艺，只有在开启尘封已久的童年记忆时，才清晰浮现，唤起一份淡忘已久的简单的欢乐与惊喜。现如今的大街小巷里已经很难再寻觅到吹糖人艺人的身影，想品味儿时那甜蜜滋味只能去逢年过节的庙会上碰碰运气了。

在济南大明湖新景区的秋柳园里，一组惟妙惟肖的"吹糖人"雕塑景点已经落成。在院落旁边，一位年长的艺人坐在担子旁，担子上放着熬糖稀的铁锅，一只已经做好的小鸟立在锅边。旁边三个小朋友姿态各异，满脸期望地围在老艺人身边，看着老艺人吹捏糖人。这不就是多年之前的我们吗？

（文章收入本书时有删改）

悦读指津

> 始于明末清初、手艺高超的老北京糖人艺人、有力而平缓的"吹功"……这些都是吹糖人的"技艺履历"。糖人造型传神、玲珑剔透，其身姿或丰腴或灵巧，这些皆是吹糖人师傅淳厚、熟练的手上绝活。作者用"先观后用"四个字概括了糖人的"平凡一生"，但这出自单一材料的糖人，却构成了那时人们记忆中最为温馨、惊喜、简单的儿时画面。

皮 影

周书畅

每当最后一缕夕阳的余晖没入远方的地平线，昏黄的灯光便在白幕上晕染出温暖的色调；静谧的气氛在空气中舒展，琴音划过了深沉的夜色，那是皮影戏的开场。

孩时的我，爱看皮影戏。

总是在一个银汉迢迢、残月斜卧、天空明丽得像孩子的稚嫩笔触的夜晚，一个皮影老艺人手提皮箱，拖着凳儿坐在我家楼下，只唱上一句"良辰美景奈何天"，我就脚底打滑直往楼下冲。他等人时只唱这一阕，唱得星星都亮得差不多了，唱得调儿在柳树林间兜转了一圈，引得鸟儿都挑了个好地方站着，人们围着坐了一圈，手上的皮影也捣鼓好了。

他姓范，范爷爷到哪儿都是一个皮影的世界。那皮影啊，咿咿呀呀地舞着，一处花腔，是一个回首；一个转音，是一弯垂目。小小的我虽不懂，但爱看活着的皮影：断桥下水波袅娜，白娘子婀娜的身段在幕布后感叹千年；西厢前浮生一梦像春水溪流，长衣袖在风中翻动；塞外胡歌羌笛不绝，星辰为鉴，昭君就此作揖别过……

他戏里的美人儿都是慵懒倦怠的，懒懒的，慢慢的，正如范爷爷一样。如果我没记错的话，他的瞳仁应该是一个艺术家最清澈的瞳仁，神情凛冽，面容老得像所有童话故事里的智者，但是背脊挺直，青衫落拓。他对待所有人都是淡淡的，除了孩子和他的皮影人儿。每每看到我从楼上冲下来，他都对我笑，用冰心老人家最喜欢的一句话说，是"犹如花朵之绽放"，虽然很难将老人和花朵联系起来，但他笑得很有一身傲骨。一瞬之间，他的笑就收敛了，转而看他的皮影，他的眼神就变得深情了。

戏散了，我总留到最后，看他把人儿都收到箱子里去。边收边唱小调儿，唱着唱着嘴边溜出一句话："畅畅长大了学皮影吗？"声音轻柔，语调像从很远的地方传来。"学！"我睁大眼睛点头，虽然范爷爷不看我。然后他就笑，笑得很无助。

后来范爷爷就消失了。

长大了，每当我的思绪延伸，总发现那些记忆里繁花似锦的舞姿竟是那么忧伤。范爷爷，在我而言，是一个活在时空里的人，而不是空间。小时候，我觉得他的每句词，都是从很远很远的地方传来的，其实，他是窝在时光的深处独自哀伤，后来就在人们的记忆里终了一生。那些听他戏解闷的大人们在家中酒宴上也都曾不屑地说："他不过是个唱戏的。"

那时我才知道，范节爷是在这样一个冷漠的世间，冷暖自知地活着。

一次我去参观美术展，看到了一位故"人"。她躺在绸子上，明亮的灯光第一次从正面打在她身上。我看到精心染上的华彩那么明艳，比在粗糙的幕布前看到的精致了许多，一笔一缕的纹路那么细腻……可她就是不动。美术馆静悄悄的，周围的人各自欣赏着那些美丽的画作，我却驻足不前，眼前不由自主地蒙上一层雾，当年的皮影、范爷爷、孩童的嬉笑、明净的夜与悠扬的唱腔，果真都不复存在了。我看得真切，那个美丽的皮影是杜丽娘啊，那个敢唱"如花美眷，似水流年，似这般，都付与了断瓦残垣"的杜丽娘！那么鲜活的她，怎么就静止了呢？用来牵动她的签子，散落在她四周，而她美艳的灵魂仿佛也被打散了。她真的成了一个影子，静默无声，黯淡无光。

我终是没能学会皮影，因为事或物以一种我无法触及的，而世俗观念不断将之推进的速度逝去。皮影，是动的艺术，美在影人的回眸甩袖、艺人的清越唱腔，它是用来诉说世事浮沉、沧海桑田与古往今来的。最让人感怀的是，皮影在十几年前被称为"艺"，懂它的人通称为"艺人"。现在，当一切曾经鲜活舞动的尘埃终落定的时候，我们称皮影为"艺术"，懂它的人叫"艺术家"。

皮影，终于在人们略带鄙夷的目光里停止了。之后再也没有人能承受它的重量。

奥运会期间，我来到北京，在百花深处忽听得那熟悉的唱段《梁祝·十八相送》，不禁循声而去。只见老艺人正凝视着手中的皮影独自哼唱，咿咿呀呀传出很远。我见那影人，舞动如那蝴蝶双飞，真要飞到阳光里去了。

（文章收入本书时有删改）

悦读指津

皮影老艺人范爷爷捣鼓的皮影戏占据了"我"的整个童年，在"我"心里，范爷爷在哪里，哪里就是一个皮影的世界。许多年后，仍让我留恋的是他那清澈的瞳仁和凛冽的神情。皮影，是动的艺术，美在影人的回眸甩袖、艺人的清越唱腔，它诉说了世事的浮沉沧桑，更有艺人冷暖自知的人生经历。在我们看来，范爷爷的确是童话中的智者。

第二章 塑，人性形态

《牵手》——残缺演绎的完美

方 慧

《牵手》是一支感人至深的舞蹈。它向我们讲述了一个动人的故事：一位花季少女被突然袭来的灾难夺去了右臂，面对这灭顶之灾，她绝望、挣扎、呐喊，甚至失去了活下去的勇气。当她最无助的时候，一副"拐"伸到了她的面前，她顺"拐"望上去，看到一双坚定的眼睛和一个伟岸的身躯。这个失去了一条左腿的身躯把一只大手伸向她，她看到一种信任、一种激励、一种关爱。她用颤抖的手顺着这目光探求而去，当这两只手触碰在一起的时候，少女心中所有的悲伤和委屈像决堤的洪水奔涌而出。她开始慢慢抬起头，用目光寻找温暖、寻找力量、寻找支撑。两个残缺的身躯，两个相似的命运紧紧连在一起。尽管前方依然有风雨，道路依然很坎坷，但是爱在心中，坎坷终将被踏成坦途，风雨过后终将会有彩虹。他们就这样牵手，走向爱的港湾，走向生命的辉煌。

她叫马丽，在风华正茂的19岁经历了断臂的重挫。

他叫翟孝伟，4岁时因车祸失去了左腿。

他们就是演绎《牵手》的舞者。这个舞蹈在2007年"第四届CCTV电视舞蹈大赛"上获得银奖，从此，这对唯一获过这一奖项的残疾演员凭借着这个舞蹈走进了人们的视野，也用他们的故事感动了无数观众。

难以想象一个19岁的断臂少女是怎样走出生活的绝望，在最华美的岁月收获人生的惨淡，退出曾经翩然跳动的舞台。断臂，对于沉醉于舞蹈的她来说，是痛不欲生的。在那样的悲痛中，需要多大的勇气，需要多少的起落，需要怎样的肯定、否定、再肯定，才能完成自我的重塑，再以倔强的姿态，站立在人生的舞台上。

难以想象一个独腿的农村孩子，克服了多少练舞的艰难，比常人多摔过多少跟头，多流过多少汗水、泪水，甚至血水。那些看上去或轻巧或灵动的舞姿，对于他来说，要比常人多练多少回！

难以想象他们的内心有多坚强。当他们站在观众面前，嘴角轻扬，目光坚定，以从容的姿态讲述他们的故事的时候，他们对生命的尊重、对生活的热爱、对事业的执着与努力一次次让人感动，让人敬佩。

舞蹈天才马丽

马丽自小热爱舞蹈，后来成了一名专业的舞蹈演员。而1996年的一场车祸，永远夺去了她的右臂，那时，她刚刚19岁，舞蹈的生命正在绽放异彩，上天却在这时摧毁了她完美的肢体。这对酷爱舞蹈的她来说，称得上灭顶之灾。"当时一切都变了，舞不能跳了，连吃饭都成了问题。"马丽绝望极了，每当看见电视里的舞蹈演员翩翩起舞时，她的心就像针扎一样疼。"我不知道生活的方向，也不知道今后自己能做什么了。"马丽一度颓废绝望。出院后的很长一段时间里，她变得自卑而且自闭。她常想：舞蹈是完美的，而我却是残缺丑陋的。

有一次，马丽无意间看到母亲悄悄拭泪。看到母亲的丝丝白发，她清醒了，她告诉自己应该面对现实，勇敢地活下去。她开始寻求谋生的道路，卖水果，卖衣服，开书屋，她不仅学会了自己打理日常生活，还练就了一笔好字，人也变得开朗了。2001年6月，河南省残联给了她重新登上舞台的机会。从恐惧到接受，到再次登台跳舞，马丽变得越来越顽强，终于开始重新追逐自己的舞蹈梦。

"有人问一个盲人，假如给你三天光明，你将用来干什么？盲人平静地回答，你把光明给别人吧，我在黑暗的世界里活得很好。"马丽很喜欢这段话，因为它代表的是接受和承担。在这个世界上，没有谁是真正残缺的，每个人出生时，都是最完整的，都是最好的。如果你觉得不够好，那么是你奢求了。只要心中有爱，一切皆有可能。所谓的奇迹，是等不来的，因为它是一点一点发生的。一点一点的努力，才会铸就一个惊世的奇迹！这就是马丽的人生信条。

腼腆、坚强的翟孝伟

比起马丽，翟孝伟应该要"幸福"一些，因为他4岁时就失去了左腿，那时的他还不懂得失去左腿对于他今后人生的意义。而在他的记忆里，他早已忘记了用双腿走路的感觉，他的那副拐也早就成了他的另一条腿。这话听起来让人心酸，但我们也为孝伟的坚强而感慨。做客凤凰卫视的《鲁豫有约》节目时，翟孝伟向人们讲述了只有一条腿的他爬树、奔跑、游泳的经历，看着他腼腆而又开心的笑容，你会觉得他比很多健全的人更加健康、快乐。

最初，因为毛遂自荐参加的一次游泳比赛，翟孝伟成了河南省残联的一名预备运动员。而翟孝伟的身材很符合舞蹈演员的标准——个高、头小、肢体长。他被郑州市群众艺术馆的赵力民老师相中，也就是后来《牵手》的编导，从此踏上了舞蹈之路。对于跳舞完全外行的翟孝伟全身心地投入到练舞中，在搭档马丽的指导下，他慢慢走进了舞蹈的世界。经过艰苦不懈的努力，翟孝伟有了长足的进步，他和马丽的配合也越来越默契。

舞蹈《牵手》中，有很多托举动作，排练时，他们无数次摔倒，又爬起来；再跌倒，再重新来……终于，看完他们第一次完整地跳完《牵手》后，赵力民老师的眼泪止不住流了下来，这是两个残缺的躯体用生命演绎出的完美，怎不叫人感动！《牵手》参加了央视的舞蹈大赛，结果还没出来的时候，有记者问翟孝伟的感受，他说："我们是残疾人，但我们的舞蹈是用自己的心灵、自己的灵魂去跳的。"

（文章收入本书时有删改）

悦读指津

双腿、双臂相互支撑是为"人"。活着，需要用双腿撑起生活的重任，需要用双臂托起人生的信念……如果残缺了这些，依然还要相互扶持，共同扛起生命的尊严。肢体可以有残缺，生活可以有低谷，人生可以有不幸，但生命绝不应因此而惨淡。失去了右臂、左腿，并不等于永失人生最美好的岁月，马丽和翟孝伟用执着和坚毅告诉我们：牵起手，残缺也可以很完美！

第二章 塑，人性形态

第三章

奏，生活音弦

大音希声，是老子倡导的对声音感知的超然境界，他反对以有限的声乐破坏自然的全美之声。生活是现实的，更是美好的，需要大声歌颂。飞扬的音符跳动着生活的精彩，欢畅的曲调传唱着生活的美满，四季更替间，生命轮回中，生活的音弦被从容奏响。

古琴的修身与养生

含羞草

古琴是中国传统文化中最具代表性的乐器，至今已有3000年的历史。其音色清晰纯美、含蓄、深沉而音韵悠长。在2000多年前，人们对它的表现力就已经尊崇到了神话的程度，先秦著作《韩非子》曾记述了春秋时期琴家师旷弹琴引来玄鹤合鸣舞蹈的事迹。

历代都有以琴为中心的动人故事、传说。春秋时期的孔子把古琴作为"乐教"的主要手段，他所教授的"六艺"课程中的"乐"，就有弹琴咏唱诗歌的项目。

伯牙弹琴子期知音的故事，在《吕氏春秋》中有明确的记载。通过这个记载可以看到，最晚在秦代以前，古琴已可以用独奏的形式、用纯器乐的手段，来表现人对客观世界的感受。

2003年，古琴艺术被联合国评为世界非物质文化遗产，这足以证明古琴在中国传统文化中的地位。3000年来，古琴始终在民间流传，在文人中流传，没有任何力量使它毁灭。

文人不仅用古琴来表达自己内心深处的渴望，而且把它当作修身养性、陶冶情操的工具。他们通过古琴让自己的心灵和古人对话，视古琴为忠贞不渝的朋友，甚至视古琴为自己的生命。弹琴者首先应是个道德高尚的人，必须遵守社会的道德规范，而且这种道德操守的要求也要随身而行，以至"士无故不撤琴瑟"。

唐代薛易简所著《琴诀》说："琴之为乐，可以观风教，可以摄心魂，可以辨喜怒，可以悦情思，可以静神虑，可以壮胆勇，可以绝尘俗，可以格鬼神，此琴之善者也。"古琴对人精神上的影响，也是对古琴修身养性作用的概括。

《风俗通义》中说："雅琴者，乐之统也，与八音并行。然君子所常御者，琴最亲密，不离于身，非必陈设于宗庙乡党，非若钟鼓罗列于虡悬也。虽在穷间陋巷、深山幽谷，犹不失琴，以为琴之大小得中，而声音和，大声不喧哗而流漫，小声不湮灭而不闻，适足以和人意气，感人善心。故琴之为言禁也，雅之为言正也，言君子守正以自禁也。"

近代琴家杨宗稷在著名的《琴学丛书》中指出："琴学有修身养性之用。道也，非艺也。"

当然，今天的修身养性不能完全按照古人的标准。但我认为，古人所提倡的忠孝诚信仍可提倡。忠于祖国、忠于人民、敬老爱幼、孝敬父母、团结互助、见义勇为等仍是今人的美德；诚实守信也是现在为人立世的根本，这些不也正是当今建立和谐社会的前提吗？

琴可以致中和，达到心平气和、修身正己的目的，因此，我们要大力提倡弹奏古琴，用以修身养性。

古琴不仅有修身养性的功能，还有非常好的养生功能。修身是心理层面的，养生是生理层面的，两者既有共同性又有区别。道德修养不仅要通过抚琴、听琴，还要理解琴曲的内容，探索琴曲的内涵，进而影响和规范自己的思想和言行。养生则是通过欣赏和弹奏古琴使人心态平和、五脏协调、正气升、邪气降，达到健康长寿的目的。古琴的修身功能只能惠及古琴的爱好者，而古琴的养生功能却能惠及全人类。

春秋战国时期已有了以音乐作为养生、怡情的手段，并逐渐发展为以音乐作为诊病、治病的一种手段。由于五音能够配属于不同的脏腑，脏腑的机能状态也能通过五音、五声表现出来，所以古人将五音形成的不同意象与五行相配属，形象地描述了"宫"音浑厚温和像土的特性，"商"音凄切悲怆像金的特性，"角"音清脆激扬像木的特性，"徵"音躁急动悸像火的特性，"羽"音悠远像水的特性。于是，这些概念不同的事物之间，建立了一种抽象的联系。

根据静心的原理，选用优秀雅致的古琴音乐来获得保健的功效。曲调圆润、节奏舒缓、响度轻柔的乐曲，十分适合静心养生之用。任何一种艺术都能缓解人们的压力，但古琴所表现的音乐更丰富、更细微、更深入、更有力量。

从乐器特点来看，古琴属中低音区乐器，从人的心理通觉感受来说，更为沉着深切，常常加深了幽远深邃的意境，因此有了李白"为我一挥手，如听万壑松"的名句。

从乐曲内容来看，古琴乐谱中不仅有儒家文化中的平和仁爱，道家文化中的清净超然，更有不被流派所限的丰富的人生智慧。比如，《梅花三弄》的潇洒浪漫，《酒狂》的自由狂放，《广陵散》的慷慨豪壮，《平沙落雁》描绘出的沙白风清、云飞天远、雁阵从容的自然景象，让人听之天地一宽。而同时，时而潺潺、时而汹涌的《流水》，其活力十足的特性也令人明朗超脱。

古琴养生不仅仅是听音乐养生，因为古琴不仅是听，更要弹。弹琴亦称为"抚琴"，右手指拨弦，左手指在琴弦上滑动，像大鹏展翅。不仅有高雅的动作，还要有左、右大脑的活动。一首优美的乐曲从自己的手指下流出，那种感觉，如临深山，如感秋意，如观江河，如处静夜。在现实的喧嚣环境里，自己创造出一个舒畅优雅的小空间，什么工作的紧张、任务的压力、人事间的烦忧，甚至病痛，全都化为乌有。内心平和了，体内各个生理环节逐渐趋于和谐，体内和谐，免疫力上升，百病难侵，这不正是养生所要达到的目的吗？

总之，学习古琴、弹奏古琴，既能修身养性、陶冶情操，又能达到养生健体的效果，何乐而不为呢？欢迎更多的朋友加入到古琴爱好者的行列，让中国这个最具传统文化特点的乐器为人民服务，同时也让这个优秀的传统文化瑰宝永远传承下去。

（文章收入本书时有删改）

悦读指津

> 走过三千年，古琴那清晰纯美的音色和含蓄悠长的音韵一直缠绵悠然地撩拨着人们的心弦。古琴，曲调圆润、节奏舒缓，是修身养性、陶冶情操的乐器，它可以达致中和、修身正己、静气养生。其乐谱中既有儒家的平和仁爱，也有道家的清净超然，更有不被流派所限的丰富的人生智慧。抚古琴，净人心，奏生活。

‖ 仙乐飘飘的洞箫，清远寂寂的心音 ‖

飞叶小猪猪

"长亭外，古道边，芳草碧连天。晚风拂柳笛声残，夕阳山外山。天之涯，地之角，知交半零落；一壶浊酒尽余欢，今宵别梦寒。"——李叔同《送别》

云破月来，花弄影，潮汐似流年。近些天听音乐，时常听一会儿就感觉无聊。昨天偶尔听了段洞箫，却是清音如潮，宛如林间缓缓流动的微光，圆润、澄净，顿感心柔念净起来。

或许听音乐也要讲缘分，我就喜欢琴、筝、笛、箫。尤其是洞箫，那声音好似在远处的山水间梦幻般地回旋，如泣如诉，荡人心旌。在这个夜晚，秋风凄迷，明月冷瘦，星辰寥落。

很多年了，一听到洞箫声，立即就会被它清远而低回的旋律所捕获、所牵引。尤其是在月色朦胧的江边，舒缓而沉郁的洞箫声弥漫在烟波浩渺的江面上，远远地静心聆听，像是在招魂，又像是在远别，更多的时候觉得，好像是在若有若无的禅道间排泄幽怨、倾诉郁闷。这样的境界，不得不使人淡淡地伤感、幽幽地怀古。

中国的文化，有相当一部分是被音乐浸润着的。这种浸润，从宫廷到荒野，无所不及，以至于我们今天读中国文化史，都能强烈地感受到它的旋律与节奏。为了这种旋律和节奏，自古就有大量的文人墨客在那里助阵，不是诗词，就是歌赋。因此，随便从哪个朝代读起，都能够读到诗文与音乐的交相辉映。读这样的诗文，愉快而过瘾，因为有音乐在下面垫底，有旋律在后面帮衬。就像我现在听这箫声，空远而凄迷、荒凉而孤寂，就想到李叔同那首幽婉的《送别》。

中国有许多民族乐器，最让我情有独钟的，还是洞箫。在这样的秋夜，如果用洞箫来演绎李叔同的《送别》，该是最好不过了。那怅然若失的旋律，那空蒙邈远的节奏，那说不尽更道不完的离愁与别绪，从洞箫里缓缓流淌出来，如柳烟一样弥漫在瘦月下的江边，浸入心扉，系着灵魂，叫人欲哭无声，欲叹又还罢休，于是就只好颔首沉默，久久不愿离去。

多少年了，一直把洞箫的声音视为大彻大悟后的灵魂在低语。

洞箫，在中国有7000多年的历史。回首这么一段漫长得让人眩晕的历史，就感到：洞箫的声音应该这么低回，应该这么清远。只有这样的声音，才能真正地穿透历史、俘获人心。只有这样的声音，才能陪伴无数飘荡在中国大地上的欲叹还休的灵魂。

无论怎样聆听，洞箫的声音都是悲凉的、凄婉的，甚至有一种怆然出世，却又在佛俗两界的边沿凄然盘亘的感觉。

因此，就觉得这样的声音，是那些俯仰天地的文人在低吟，在泣诉。在漫长的历史中，有太多的文人流落异乡，他们头顶着寥落的星辰，独守着一弯瘦月，而围裹着他们生命的，大都是命运之秋的萧萧落木。这样的文人，我们随便扳着指头一数，就多得叫人吃惊。他们或许穷途潦倒，或许隐迹于市井，或许独行于天涯。在这样的时候，洞箫，就成了他们生命中怎么也挥之不去的一节愁肠。

可以想见，他们中有很多人报国无门、入仕无路，一腔的忧患与热血，只能化作满纸的狂草、一腔的牢骚。在命运多舛的时候，洞箫又成了他们仰天长啸的喉咙。

但是，就是在这样的状况下，众多古代的文人依然泪洒江河、声恸山川，依然在蓄势待发、整装待命，渴望为脚下的土地付出自己毕生的才情。可是，他们大都又不愿卑躬屈膝，不愿乞求，不愿在乱世中苟全一己的性命，他们宁可把一腔才情废于荒野、烂于沼泽、埋于泥土，也不会为了点滴的荣华而出卖自己高傲的灵魂。在这样的孤傲中，洞箫，那竹节凸现的一管瘦竹，就成了他们人格与精神的象征。

因此，在流放之地，在贬居之处，在隐迹之所，夜阑更深时，他们独自在月下饮酒，在石上吹洞箫，面对着烟波浩渺的故国山河，把灵魂吹成飘然于山川大地之间的绵绵音韵，甚至把自己的整个生命吹成一支啼血的洞箫。

洞箫声，是中国文人独有的清远而孤寂的心音。

这心音，异常缥缈，但它拨动灵魂的力量，不亚于绝世的雪崩、千年的海啸。

（文章收入本书时有删改）

悦读指津

喜欢听洞箫，也是偶然。当圆润、澄净的清音飘入耳中，才知世上竟有这般天籁可以使内心如此清净，于是便对洞箫情有独钟。那声音好似在山水间回旋，静心聆听，那是大彻大悟后的灵魂在低语。当命运多舛时，洞箫会仰天长啸；当心底无私时，洞箫会坦荡如砥……从洞箫缓缓淌出的声音，才能真正地穿透历史、征服人心。

洞 箫

龙天然

如果静静地独坐在这里,能听到从遥远的地方,如隔了千山万水般传来一缕洞箫声——圆润、低婉、柔和、深沉,悲切中略含些思念、幽怨,那种感觉定然会像要坠入茫茫不着边际的空旷,让你尽情地倾吐一腔难以言说的心声,丝毫不带宣泄和张扬。

这时,不管是看见绵绵春雨中几朵憔悴的落花,还是萧瑟秋风中几片翻飞的黄叶,抑或一弯钩月、一片阳光,和着箫声都会品出一段忧郁的美来,那种美是布鲁斯蓝的美。

我就喜欢那箫管里流出来的如水般的音乐。我总醉心于东坡居士《前赤壁赋》中的那段描写:"客有吹洞箫者,倚歌而和之。其声呜呜然,如怨如慕,如泣如诉,余音袅袅,不绝如缕,舞幽壑之潜蛟,泣孤舟之嫠妇。"洞箫声给人们一种亲切感。它总是轻轻地伏贴在听者的心灵上,仿佛冥冥之中找到心灵的契合,把人带到最终寻求的那种略带些蕴藉的宁静中。那些激越的声音在它的面前,竟显得有些浮躁。

徐悲鸿早年的一幅油画《箫声》,整个作品的调子灰色而朦胧,有一种情绪演绎在里面,流露出的便是孤独与凄惶。陈逸飞的《浔阳遗韵》,其中一女子持箫吹奏,衣饰华丽,端庄沉静,但忧郁黯然的气氛仍然挥之不去。

洞箫,单管直吹的乐器,清代《律吕正义后编》中这样描述:"(吹)时乃直曰箫……今箫长一尺八弱,从上口吹……"所以日本人又称箫为"尺八"。《燕子龛随笔》载:"日本尺八,状类中土洞箫,闻传自金人，其曲有名《春雨》，阴深凄惘……"流落日本的著名诗僧苏曼殊的《本事诗》里就写道："春雨楼头尺八箫，何时归看浙江潮？芒鞋破钵无人识，踏过樱花第几桥。"

绵绵春雨易让人惆怅，箫声入耳，撩拨起的便是无边的乡愁。这首诗隐隐地透出苏曼殊高洁的灵魂。他一身才气，只度过三十五个春秋，便在贫病交加中永远地去了，给后人留下一片久久的遗憾和怀想。

与洞箫有关的大多数是些迷人的故事，婉转、凄恻、缠绵。读《笑傲江湖》，谁也不会忘记那一曲琴箫合奏。即使在"该出手时就出手"的江湖中，有了箫，就会泛出一片浓浓的柔情来。

写了三百多首有名的《己亥杂诗》的诗人龚自珍，就有一个红颜知己，名字很好听，叫灵箫。龚自珍喜欢把箫写进诗词，与剑相对，如"来何汹涌须挥剑，去尚缠绵可付箫"（《又忏心一首》）、"怨去吹箫，狂来说剑，两样销魂味"（《湘月》）。剑应是兵器中最有灵性的，挥舞起来，竟有些不似兵器，而像舞者的道具，潇洒自如，峻拔飘逸。洞箫与之相对，在乐器之中，也是最通人性的，是比较人文的一种。我想龚自珍多少流露些许这样的意思吧。

我先后有过四管洞箫。一个湖南岳阳的朋友送了一管给我，只可惜，有一次，我将它放在床上，醉酒后把它压裂了。后来弟弟从外面带回两管，女儿刚好处于贪玩的年纪，竟将其做了她胯下的竹马，倒落下一句诗"箫是稚儿胯下马"。我终究还是想要一管未裂的洞箫，哪怕是挂在墙上，也是一幅王摩诘的画，诗、禅都在里面。

那是一个初夏，阳光很好，乡间的集市热闹非凡。那个年轻人背着各式各样的笛、箫、胡琴。他没有吆喝，口里吹着一管紫竹洞箫。我一时觉得这箫声洗尽了嘈杂的人声，仿佛那小伙子娓娓讲着他许许多多的故事，只贴在耳边，没有吵着其他任何人。

于是，我买下了那管紫竹洞箫。

（文章收入本书时有删改）

悦读指津

听一曲圆润深沉、低婉柔和的洞箫，会让你尽情倾吐难以言说的心声，而又丝毫不带宣泄与张扬。单管直吹的洞箫，简单、淳朴，却能洗尽嘈杂的人声。它的通晓人性，它的如水清音，能使人的心灵与自然契合，最终找到内心所寻求的那种聊以慰藉的宁静。

二胡，江南文化中生长的一棵树

刘德福

马头琴之于蒙古包、轱辘车、大草原，如唢呐之于红高粱、信天游、黄土高坡，一方风情孕育一方乐器的生长。单就胡琴家族来讲，除了二胡之外，还有音色个性色彩不相同的板胡、京胡、坠胡。虽然他们都源自11世纪前中国北方少数民族的"奚琴"，继承了北方少数民族音乐苍凉悲壮的特质，但是，和不同的地域文化相互交融后就产生了为河北梆子、秦腔伴奏的板胡，为京剧、汉剧伴奏的京胡，为河南坠子伴奏的坠胡。当二胡与杨柳岸、乌篷船、小桥流水人家、书香盈邑的江南亲切柔绵地结合在一起的时候，二胡就成了江南文化中生长的一棵树。流浪是江南人永恒的主题。

流浪的情结是二胡生长的土壤。江南既是"几家茅屋护疏篱，红树参差映碧溪。更有幽人读书处，夕阳深巷板桥西"的江南，又是有着越甲三千般的一往无前和壮怀激烈，有着孤臣孽子般的卧薪尝胆与悲愤忧患的江南。江南既是丰厚沉重的，又是深邃悲凉的。苍凉的胡琴和柔婉厚重的江南文化结合后产生的沉重悲凉的气质契合了江南下层市民的心理追求。他们长期浸润在山温水软、柔意绵长的市民文化氛围里，同时又体会了战乱游离和家国的兴亡。二胡那深沉中含质朴、悲伤中见苍劲的乐声，成了他们心灵的知音。在如此丰厚的山水文化和心灵土壤中，胡琴这枚北方音乐种子，破土，发芽，经过长时间的磨合历练，变成具有江南风韵的二胡，长成了一棵江南树。

二胡到了把流浪情结渗透进骨髓中的盲人音乐家阿炳手里时，已经不仅仅是一种乐器了，二胡已经从沿街流浪的伙伴成为阿炳和人世间交流的眼睛、耳朵、嘴巴。阿炳这个被惠山泉滋润的江南汉子，被江南明亮月色浸浴的音乐精灵，携带着江南大地的人文情趣、生命意蕴，使二胡这棵音乐树上结出了一朵朵音乐之花。这些花，生长在江南的村镇小巷、市井人家，栉风沐雨，给漂泊者孤寂的心灵以温暖，给负笈前行者以希望和慰藉。然而，一棵树要想枝繁叶茂、花艳果香，必须有足够的肥料滋养，必须有园丁的辛勤培育。

阿炳是幸运的，他在有生之年遇到了音乐知音——杨荫浏，他们之间的理解与默契，为二胡这棵音乐大树补充了营养。尤其是他们二人共同完成了《二泉映月》这朵音乐奇花，使二胡成为音乐圣殿中的参天大树。自此以后，一朵朵二胡树上的名花，璀璨夺目，一首首二胡名曲，破空而来：《江河水》《赛马》《良宵》《光明行》《空山鸟语》《战马奔腾》《三门峡畅想曲》……当这些二胡名曲和人们形成心灵交融的时候，一朵朵鲜艳的音乐之花就变成了果实。二胡成为江南文化中生长的一棵音乐大树。音乐树具有这样的特征：一种地理文化氛围中生长出的独特的音乐树，要想成为参天大树，音乐之花必须和周围的人文环境交流，形成以这棵大树为中心的自足空间，这就是音乐树的"光合作用"。

音乐照亮人们的心灵，人们的心灵丰富音乐的内涵。如果一首乐曲具有了超越时空的能量，那么，它就是音乐树上最大、最鲜美的果实。一种种乐器形成了音乐的森林，音乐人和欣赏者是森林里的园丁和漫游者。我们缺少了物质上的森林会感到呼吸困难，因为缺氧；我们缺少精神上的音乐森林也会感到心灵干枯，因为我们缺少灵魂清泉的滋润。

当一棵音乐大树、一朵音乐之花、一枚音乐果实，穿越时空在某个民族以至整个人类的心灵中产生共鸣震撼的时候，地域限制不住它，贫穷压抑不了它，卑贱俘虏不住它，它就是精神的王者，它就是灵魂中翱翔的神鹰！浓浓的阴凉遮住了世间的风雨，为流浪人在生命的焦渴中带来甘霖，为卑微的生命呈现出了生命的尊严。

二胡伸展出了起伏连绵的枝条，叶子上下翻滚如行云流水。《二泉映月》像灼艳的花朵，音乐层层推进和迂回发展，仿佛是道不完的苦情话，流不完的辛酸泪；仿佛是抒不完的故园情，品不完的流浪意。可能看到一个盲者踯躅在午夜的街头，二胡是另一种眼睛、耳朵、嘴巴，充满寒意的街头顿时开满了流浪而坚忍的花朵；可能看到一股山泉，欢畅跳跃，逗引出一地月光，顿时，泉流呈现出冷凝凄清的色泽，昔时的欢快，今朝的忧郁，明天的未知，扭结成一条悲凉的大河，淹没自己，也淹没别人；可能看到一片森林中，晨光熹微，朝露晶莹，鲜花盛开，果实累累，而他们自己就是一只只快乐的鸟儿，刚刚从沉睡中醒来，看到眼前的美景，不由得也发出悦耳的啼叫，汇入这天地之间永恒的大合唱！二胡，是人类心中成长起来的一棵灵魂树。

（文章收入本书时有删改）

悦读指津

充溢着小桥流水的江南水乡，是二胡这棵树的生长土壤。经历战乱的江南，使二胡带有一种与生俱来的流浪情结。深邃沉重的江南土壤，山水绵长的民风文化，奏出了二胡深沉质朴、悲伤苍劲的曲声。阿炳拉响的二胡名曲，给流浪者在无望中送去生命的甘露，使卑微的生命呈现出高贵的尊严。

听 泉

韩静霆

演奏《二泉映月》，有一种心灵沐浴冲凉的感觉。

琴弓的马尾吃住了弦，像是把山里的玉石锯开了一个小缝儿，泉水呢，顺着左手指头尖儿款款地流出来，跌扑回还，绕在身边。心里所有的浮躁、郁闷、烦琐，都被淙淙流泉冲走了。身上清爽得很，干净得很。舌根也甜润润、湿漉漉的。

说来真得感谢盲人音乐家阿炳，他用一把胡琴，教会了我们听泉。让我们知道，感受山中清泉，应该打通生命的所有孔窍，只凭眼睛直观是不够的。是啊，古人说刑天舞干戚，以乳为目，以脐为口，就是说人的浑身上下都生着精明的感官，人本来就是精灵剔透的灵长目，我们和阿炳的差距就在于不懂得让心灵长出眼睛看宇宙、让耳朵生出触须抚摸自然，从这个角度来说，也许我们才是真正的"盲人"。还有，我们没有化清流为音乐的神力，在盲人音乐家阿炳这里，泉水是灵感的婴儿。他一下子就捕捉住了稍纵即逝的灵感，再加进自己的天分、才情与生命感悟，人间就流淌出了不朽的经典、音乐的清泉——《二泉映月》。

"二泉"从前只是伴穷道士沿街卖艺的一支曲子，如果不是遇到杨荫浏先生，那音乐的"泉水"不知会在哪儿幽咽断流了。我在音乐学院学琴的时候，老先生杨荫浏的学养和人品极为师生尊崇。杨荫浏和阿炳（华彦钧）之间的理解与默契，是人间知音的绝唱，俞伯牙与钟子期也不能相比。换句话说，琴师俞伯牙倘若遇到杨荫浏，就大可不必因世无知音摔碎瑶琴了。杨荫浏是在新中国成立初期为抢救濒临灭绝的文化遗产而寻访阿炳的。背着笨重的录音机，他和阿炳谈心、谈艺、谈琴，用那时候流行的"履带"般的录音机带，录下了阿炳的曲子。这首曲子无题，阿炳让杨先生取个题目，杨先生思忖了片刻说，"就叫作《二泉映月》吧"。

可以想象这时候阿炳是多么感动和惊奇，他那深陷的眼窝红了，几乎要流出"泉水"了。面前这位先生不仅听懂了他，把他的琴声录下来，让他的音乐永远活着，而且，一语点睛，戳动了他的心泉之门。这娓娓动听的音乐，不是映月的天下第二泉又是什么？泉水一冲出深山罅隙，月光就扑了过来。一轮梨花月变成了液体，揉碎了的月光，叮叮咚咚唱着歌，奔跑跳跃在惠山的绿竹林、青草地。忽然从高高的石崖向下"蹦极"，珠玉四溅；忽然在花丛潜伏蛇行，若断还连，幽幽咽咽的；忽然又在光滑的鹅卵石溪床上跳着轻盈的舞步，带着小鱼，携着蝌蚪，跑向山外的世界……音乐在胡琴的三个把位回还，如曲水流觞。装饰音和滑音机智乖巧，似鱼嬉水草。抖弓细碎流畅，清流里有诉不尽的柔情。《二泉映月》是回旋曲式，让人把醉人醴泉回味品咂个够。更要紧的是，杨先生听着盲人音乐家心泉的律动，深深感受到了阿炳对生命和自然的热爱，也听到了涌动的泉水里那一点儿淡淡的哀伤。

阿炳和杨荫浏都已经离我们远去了，可映月的二泉还奔涌在我们的生命和生活中。记得，这首美妙绝伦的乐曲使著名指挥家小泽征尔由衷倾倒，他说过，《二泉映月》应当跪下来听。是的，"此曲只应天上有，人间哪得几回闻？"也许，唯有双膝跪倒，才可以聊表心中的虔敬和感激。我们感激创造美的阿炳和发现美的杨荫浏。阿炳开掘出了他心中独一无二的音乐泉，杨荫浏牵着"泉水"的手，出了山。

（文章收入本书时有删改）

悦读指津

阿炳用一把简单的胡琴，教会我们如何用心灵的眼睛看宇宙。一位懂得发现美、欣赏美的音乐伯乐——杨荫浏先生，深深领悟到了阿炳对生命和自然的热爱，使《二泉映月》成名并传奏至今。听这首来自心宇的泉，心里所有的浮躁、郁闷、烦琐，都会被淙淙流泉冲走。这是音乐心泉的律动，更是艺术生命的传唱。

‖ 漫话中国民间乐器的性格 ‖

佚　名

中国民族乐器，历史悠久，源远流长。仅从已出土的文物中可证实：远在先秦时期，就有了多种多样的乐器。

中国的民间乐器犹如人一样，也是有性格的，与生俱来，本性难移。就像人的嗓子，自打从娘胎出来，就定性定调了，所以有的人嗓子可以唱得高高的，有的却只能唱中音或低音。什么样的嗓子唱什么样的歌曲，如果违反了这种规律，唱出来的就会是噪音而难以入耳了。

中国的乐器很多，和中国五千年的历史一样，大多数都是悲剧性格的。比如，二胡就是一种悲剧性的乐器，所以盲人音乐家阿炳才会用它来"抚琴诉悲愁，人生多艰难"。马头琴更是如此，在草原上独奏时，那带有悲剧味道的琴声深邃感人，丝弦与特有的共鸣箱发出的声音，让人油然而生思乡之情和感怀落泪的心灵震撼。

中国的乐器里，琵琶没有太明显的性格因素，能演奏各路曲子，欢快的它来得了，悲伤的也可以，就像一位大气派的演员，什么都能扮演。古筝也是如此，一旦演奏起来，便不是一条小溪样弯弯曲曲地流淌，而是从天边铺排而来的无边风雨，里边还可以夹杂着闪电和雷鸣，把你推到一个抽象的角落里让你去做具体的想象。琵琶也是这样，《十面埋伏》这支曲子里就有马在不停地奔跑，雨在曲子里下着，云在曲子里黑着，有火在曲子里惨淡地红着。琵琶、古筝都是这样的大角色演员。

箫和古琴却是孤独的避世者。别的乐器是声，而箫和古琴却是韵，需要更大的耐性去领略，需要想象的合作，不是铺排得很满，而是残缺的，像遥远的山水，再好，只是那么一个角落，树也是一棵两棵地孬嵩在那里半死不活，需要读它的人用想象和它进行一种合作。笛和箫大不一样，笛是亮丽的——"芦花深处泊孤舟，笛在月明楼"，这一声笛是何等的亮丽，也是因为这一声笛，月色才显得更加皎洁，诗的境界才不至于太凄冷。

中国的乐器里，唢呐是一种极奇怪的乐器，一会儿高兴一会儿悲伤地在那里演奏着，让人完全捉摸不透。这种乐器的性格变化得太快、太无常，喜欢与不喜欢它全要看是什么场面，是场面决定它的位置，而不是由它来决定场面。和唢呐相反的有笙，笙是以韵取胜的乐器，笙的声音得两个字：清冷。这"清冷"二字似乎不大好领略，不亮丽，不暗哑，有箫的味道在里边，但又远不是箫。

中国的乐器里，最亮丽的莫过于京胡，京胡是没性格的演员，但它处处漂亮，是戏曲中的一种装饰物。一个人在早晨的湖边独自拉京胡，你站在那里仔细听，就连一点点哀愁和喜悦都分不出来，它让你想到的只是一种经验的突然降临，忽然是妖精似的花旦出来，忽然是悲切切的青衣掩面上场……京胡和高胡又不一样，高胡可以很凄厉，很绝望，又很争胜，那是一种斗争性很强的乐器，说到性格却又似乎接近青春得意，执着地在那里逼尖了嗓子诉说着什么，你听也罢，不听也罢。

中国乐器里很少有喜剧性的，雷琴好像是唯一的一种，可以学鸡叫、学马嘶、学鸟啼……雷琴什么都可以学得来，就是没有自己的本声本韵。雷琴可以算是喜剧性的乐器，但它又根本无法与锣鼓相比。锣鼓算乐器吗？当然算。锣鼓其实也是一种难以定性的乐器，但它出现在喜庆的场面太多了，所以，锣鼓一响起来，人们就兴奋，这是历史的潜移默化。

中国的乐器里，最不可思议的是埙。它在你耳边吹响，你却会觉得很远；它在很远的地方吹动，你又会觉得它很近。这是一种以韵取胜的乐器，有一种事不关己高高挂起、超然独行的性格。它是在梦境里的音韵，一旦眼前的东西实际起来，真切起来，它的魅力便会马上消失。

乐器是有性格的，它静静地待在那里时，什么也不是，一旦被人操纵，它的性格就出来了，该是什么就是什么，往往到后来不再是人操纵乐器，而是乐器操纵人了。

（文章收入本书时有删改）

悦读指津

乐器如人，也有性格。忧郁的二胡，诉说着凄苦；孤独的古琴，柔肠百转；无奈的唢呐，被人定格；……乐器的忧悦喜哀，苦乐自知。乐器的性格，由弹奏者决定，可情郁于中之后，则是乐器操纵了人。

‖ 乐器真的会有情感吗 ‖

苏玉成

以前，我从来没有考虑过这个问题。作为一个唯物主义者，怎么会赋予一个没有生命的物件以情感呢？然而，自从我喜欢上了手风琴，对这个问题渐渐地有些开化，渐渐地悟出一些东西来。

2006年，我开始学习手风琴。那是一个很偶然的机会，我们社区的一些大妈想组织一个合唱队，需要一位手风琴伴奏。不知怎么的，找到了我。而我当时并不会拉手风琴。虽然年轻的时候在宣传队学习过一些别的乐器（京胡、月琴、提琴、黑管之类）和基本乐理，但是唯独不喜欢手风琴。我觉得拉手风琴左右手配合太难了，很难上手，故而从来不摸它。这次，却被大妈们的信任和真诚打动了。也许我当时刚刚退休，闲暇时间比较多；也许我也需要一些文化生活来打发无聊的时光。于是，她们给我找来一架旧手风琴，从此，我开始了练琴生涯。没想到我从那时开始，一直坚持到现在，并且有些疯狂地迷上了手风琴。

当时，大妈们找来的是一架儿童学习用的24贝斯"星海"琴。这架琴声音比较洪亮，左手贝斯稍重。但是，我就是从这架琴起步，开始学习拉手风琴。我到西单图书大厦买来了第一本教材——《手风琴简谱教程》，开始按照教程自学手风琴。学琴一个月，我就开始磕磕绊绊地给大妈们的合唱伴奏，至今已有三年多的时间。回想起当年，我那琴拉得叫什么啊？真难为那些大妈们跟着我磕磕绊绊的伴奏唱歌了！

刚开始学习手风琴的时候，最先解决的是左、右手合作的问题，大概许多琴友在学琴之初也会遇到这个问题。而我又是一个不会一心二用的人，对左、右手的合作最头疼。于是，我就一个小节一个小节地抠，直到把整首曲子合下来。用这种咬牙苦练的笨方法初步克服了左、右手的合作问题。紧接着是手指的灵活性问题。我学琴时已经56岁了，是人的肌体开始退化的时期，要在这时增加手指的灵活性，就要付出比年轻人更多的时间。有一段时间，为了演奏8度以上的音程，我把手都练成"腱鞘炎"了。拇指疼得动不了，即使如此，每天我也要拉一拉琴。拇指动不了，就用4个指头按键。随着学琴一点点的进步，我发现，我已经深深地爱上了手风琴。我原来也很喜欢乐器，什么乐器都喜欢动一动。但是，我从来没有像爱手风琴那样去爱过一种乐器。我也发现，如果你真的把身心都投入到一种乐器中，你对于美的感受、你的审美意识、你的情感就会灌注到乐器中。乐器的音色也会随着你的演奏而改变。

我最开始买的是一架小60贝斯琴。右手只有30个键，而且是两排簧的。我当时只是图它轻巧，拿到外面拉很方便。同时，我也很喜欢它的一种金属音。当我把这架琴拉了一年多的时候，有一位邻居对我说，这架琴让你越拉越好听了。那时，我只觉得那是夸我的琴技增长了，并没有觉得琴本身有什么变化。后来，我又从琴友那里买来一架前东德生产的"世界冠军"琴，这是一架三排簧的80贝斯琴，右手5变音，左手3变音。其实，这是一架"世界冠军"的低端琴，里面的音屉都是塑料做的，是东德20世纪70年代的产品。当时，我只是喜欢它的贝斯部分，觉得贝斯声音厚重醇美。由于音屉是塑料制品，所以觉得右手键盘音部分略显生硬，不够柔美。但是，我还是很喜欢拉它。在我的手里，我逐渐感觉它的音色在不断地向我的审美靠近，右手键盘音逐渐地显得柔美起来。我感觉最明显的是我最近买的一架老"鹦鹉"琴。我的一位琴友告诉我，"乐趣"琴行新进了一批旧琴，是原来北京"少年之家"用的琴，都是老琴。我赶去挑了一架60贝斯老"鹦鹉"琴，这架琴拿回来，刚拉了一天，我爱人就说："这架琴让你越拉越好听了。"这是我感情投入最快的一架琴，就此，我相信，人的审美和情感是会传递给乐器的，它会根据你的偏好来逐渐修正自己的共鸣。什么人的琴会随了什么人的性格。一个感情木讷的人，他的乐器也会随了他的性格而逐渐变得木讷起来。我拉过几个琴友的琴，他们的琴真的是琴随其人，与他们的性格极为贴近。

在小提琴中，最为有名的当属意大利的制琴名师斯特拉迪瓦里的琴。斯氏是15—16世纪的制琴大师，他在世时就已经是当时的制琴名师，他制作的琴现在存世的就更加珍贵。名琴经过了几百年的演奏，经过了许多演奏名家的情感灌输，倾注了音乐家对于音乐的理解，也在不断地根据演奏者对音乐的理解调整着自己的共鸣。难怪无论现在使用什么高科技手段也无法复制斯特拉迪瓦里琴，因为，乐器可以复制，而经历是无法复制的，没有斯氏琴的几百年的演奏经历，就没有斯氏琴的音色。就是如此。

看到这里你会明白，我说的"乐器是有情感的"是经过实践检验的结论。

（文章收入本书时有删改）

悦读指津

　　作者从对手风琴不感兴趣到被迫接触并逐渐适应，再到孜孜不倦地苦练、迷恋，使自己与手风琴结下了不解之缘。作者意志坚定，从一个个小节开始抠起，直到用这种咬牙苦练的笨方法把整首曲子合下来。这在年近花甲之时，必须付出比年轻人更多的时间，正因如此，作者拉手风琴的水平不断提高。当身心真正投入时，乐器的音色也具有情感了。

‖ 秦人秦腔 ‖

煮酒人生

　　秦人生性粗犷豪迈，秦人腔调也就如同雄狮吼叫，气势如虹。也许是千百年来所肩负的重担的压抑，唯有一吼，才可以将这种历史的沉重和沧桑说出来，这其中的味道也许只有通过那田间劳作人民的汗水和皱纹看出，所以秦腔在农村有很广泛的群众基础。在乡间地头，几把二胡拉起来，无论识字的还是不识字的，只要说起秦腔，都能随口给你来一段，而且唱得还很有功力。

　　每年开春的时候，地里也没有什么活计，各村便筹划着搭戏台、唱大戏。戏台是全村人共同的事业，宁肯少吃少穿也要筹资集款，买上好的木石，请高强的工匠来修筑。村子富不富，就比这戏台阔不阔。一有演出，半下午时，人就扛凳子去占位子了，未等戏开，台下坐的、站的人头攒动，台两边阶上立的、卧的是一群顽童。那锣鼓就叮叮咣咣地闹台，似乎整个世界要天翻地覆了。锣鼓还在一声声地敲打，大幕只是不拉，演员偶尔从幕边往下望望，下边就喊："开演呀，场子都满了！"幕布放下，只说就要出场了，却又叮叮咣咣个不停。终于台上锣鼓停了，大幕拉开，角色出场。但不管男的女的，出来偏不面对观众，一律背身掩面，女的就碎步后移，水上漂一样，台下就叫："瞧那腰身，那肩头，一身的戏哟！"男的就摇那帽翎，一会双摇，一会单摇，一边上下飞闪，一边纹丝不动，台下便叫："绝了！绝了！"等到那角色猛一转身，头一高扬，一声高叫，声如炸雷哗啷啷直从人们头顶碾过，全场一个冷战，从头到脚，每一个手指尖儿，每一根头发梢儿都麻酥酥的了。如果是演《救裴生》，那慧娘站在台中往下蹲，慢慢地，慢慢地，慧娘蹲下去了，全场人头也矬下去了半尺，等那慧娘起站，慢慢地，慢慢地，慧娘站起来了，全场人的脖子也全拉长了起来。他们不喜欢看生戏，最欢迎看熟戏，那一腔一调都晓得，哪个演员唱得好，就摇头晃脑地跟着唱，哪个演员走了调，台下就有人要纠正。说穿了，看秦腔不为求新鲜，只图过过瘾。在这样的地方，这样的环境，这样的气氛，面对着这样的观众，秦腔是最逞能的，也是最享受的艺术。在早场和下午场中间的休息时间，演员们也要吃饭。这个时候，台下看戏的也到了该吃饭的时候了，离家近的便回家去吃，离家远的，有的去就近的亲戚家，没有亲戚的就在戏台下买些吃的。各类小吃趁机摆开，花生、瓜子、糖果、烟卷、油茶、麻花、烧鸡、煎饼、凉皮、凉粉等，长一声短一声地叫卖声不绝，大声吆喝着。上了年纪的人总喜欢坐在油茶摊边，烧碗油茶，或者再来个炸糕，几个老头儿，就边喝边谈论这几天的戏唱得如何如何。年轻人就喜欢吃凉皮，油辣子调得红红的，辣得唏嘘声不断，但吃得过瘾。

  秦腔是老百姓生活的艺术精髓，是大众化的艺术。生活造就了秦腔的历史和发展，秦腔是老百姓的精神家园，人生的酸甜苦辣尽在其中。我也才明白，为什么那么多人喜欢秦腔。那优美的带有地方色彩的唱腔浓缩了陕西源远流长的文化，细听起来，像一杯浓茶，品之美味，让人回味无穷，让人怀念沧桑的岁月和多彩的生活。一曲一调，浓缩着关中人对生活丰富多彩的感触。我是陕西人，我的骨子里流淌着秦人的血，也烙印着关中数千年的文化，包括对秦腔的感觉。她经历了几百年的磨炼，蕴含了秦人对生活丰富的感触和历练，让人久听不厌、久唱不烦。没事的时候去听一曲秦腔吧，她会告诉你，什么是生活。

（文章收入本书时有删改）

悦读指津

　　作者对秦腔情有独钟，在他看来，那质朴而酣畅淋漓、豪放且粗犷壮美的秦腔，是世界上最好听、最激动人心的音乐！听秦腔的一曲一调、一嘶一吼，仿佛品一杯飘香的浓茶、灌一口浓烈的老酒，能让人回味着多彩的生活、怀念起沧桑的往事。秦腔是朴实厚重的陕西大地上绽放的一枝独秀，它唱尽了淳朴秦人生活中的五味杂陈。

音乐如生命，生命如歌

佚　名

　　是的，音乐是我抒发感情、寄托情思的艺术，不论是唱或听，都包含着我千丝万缕的思想情感。

　　因音与音之间连接或重叠，就产生高低、浓淡、明暗、刚柔、起伏、断连等，它与我的脉搏律动、情感起伏息息相关，尤其可以调节我的心理状态，起着不能用言语形容的直接平复心情的调节作用。所以众多心理学博士论文中也多次阐述过，音乐不仅可以给人美的享受，也是治病的最佳疗法，用音乐的美来减轻或消除病人的病痛就是音乐疗法。19世纪末期，美国的一些医院就有人研究把音乐作为治疗疾病的手段。20世纪四五十年代后，德、法、英、澳、瑞典及日本等国纷纷兴起用音乐治疗疾病的研究和实践。这种方法既简单又复杂。音乐欣赏是一种简单的方式，即便没有音乐细胞的人，只要用心地倾听乐声或旋律也会自然地为之陶醉。

音乐就像是生命的对应物，是生命活力的再现。我童年时期会发出呢喃的声音后，父亲就开始教我用声音说话，用心去发声，去唱歌，同时也体验到了生命奇妙无比的激越情感。当然，在我的生命中真正经历了悲欢离合、喜怒哀乐后，音乐的流淌时间就是对我生命最直接、最生动、最纯粹的磨砺考验。庆幸我的生命力是精致的、顽强的，当我听到音乐流动的那一刹那，天地万物都与之共和，时间、空间仿佛在这一瞬间都依附在曼妙的音乐声中。

在这一瞬间，我的心境是空灵的，思维是纯净奇妙的，音乐的动态美、真情美、自然美，是存在于生命中的，有时给我的感觉就是淡泊崇高的灵魂。而声音是人与生俱来的一种神秘语言。只要静静地，用心来细细体味、倾听，就能在悦耳的声音中感觉生命与音乐的融合流动，体验音乐时空的飞翔欢乐。好喜欢门德尔松一首叫《乘着歌声的翅膀》的歌曲，但愿我不会失去音乐的翅膀，因为拥有它，我就可以像天使一样在生命中飞翔。音乐是注入我心灵深处的一股清泉，是陶冶性情的熔炉。

音乐能牵动我的灵魂，在我心里，音乐与歌声有时就像是春天生气勃勃的花儿一样美，装点着心灵的荒芜和干涸。当我闭上眼，静静地倾听时，仿佛处于无知的混沌之中，一缕清新的歌声阵阵传来，宛如眼前拂过一丝清凉的风，掠过一片白云，我在静静地感受着音乐的每一个跳动的音符，想着自己此时的心灵感受，想着自己的心情，任凭情绪汹涌成汪洋，任凭思想在时空中穿梭，久久不愿停下。沉默是我的常态，也是我最爱的一种状态。

好喜欢把一首歌反复地放，只想沉浸于歌词中，感受其恒久的镇静，感悟真情，这就是音乐的真正魅力。拥有音乐的陪伴真的很惬意，心也有一种耳目一新的感觉，让我真正欣赏到了人世间的自然美与和谐美，有时会感觉如同握住了西北风一样透心凉；有时会感觉心被阳光温暖着，宛如体验到一种含情脉脉的爱的力量，让我如痴如醉；有时会听得心静如水，就像一杯美酒，倾洒在我的生命里，净化了我的心灵，犹如山泉涌进了梦寐以求的海洋中，思绪也总是在海岸边飘飞着、讴歌着。或是因自己喜欢大海的纯净清新气息，抑或是喜欢那自由的海风，我异常清醒、冷静、镇定自若。

也或许是海边的岩石给我留下的美好记忆太完美吧，心也总是时时刻刻感觉到浪花猛烈拍击海岸的感觉，而海浪骇人的撞击声似乎震撼了我的心灵，心也在颤动并跟着跳动。好喜欢这种入迷的欣赏音乐的感觉，像给我的生命注入了美丽的色彩。

是的，音乐宛如我的生命，生命如歌，于是思潮涌至笔下，音乐永远是我灵魂的伊甸园，音乐使我的灵魂得到解放。当我心情愉快时，听一曲抒情的音乐，就会有一种美的意境享受，心旷神怡；当我心烦时，听一曲委婉的抒情歌，就会立刻平复心绪，心情会瞬间地平和宁静；当我悠闲自乐时，听一曲激昂的旋律，仿佛会有一种心潮澎湃、热血沸腾的感觉，也会有马上高歌一曲的冲动！音乐有着博大的胸怀，犹如大海般广阔，它的艺术魅力是无尽的，它的感染力是震撼人心的。

好喜欢自己那种听到雄壮激昂的乐曲时精神的振奋；好喜欢听到热情、阳光的曲调时心情的欢悦；好喜欢听到宁静优美的音乐时情绪的宁静而安稳和谐。但不喜欢听到《二泉映月》如泣如诉的旋律时的辛酸、哽咽之感，或许是我拒绝这种音乐带给我的悲凉感觉吧，我只喜欢可以让我的心灵得到阳光般的温暖洗礼的感觉，只喜欢可以让我的胸襟更加宽广谦逊的音乐，只喜欢可以让我的气质更加知性光彩的音乐，只喜欢可以自然地打动我心灵的纯净音乐，只喜欢给我的生命带来活力的音乐。好想说："音乐是有奇迹的，音乐是有生命的，音乐是人类生活中永恒的主题，音乐是绚丽多彩的，也是可以让我的心变得生机盎然的。生命中有了音乐，就会真正懂得欣赏美、欣赏艺术、欣赏音乐中美的旋律，这对我的情操陶冶有着不可替代的魅力。"

音乐如生命，生命如歌。

（文章收入本书时有删改）

悦读指津

音乐是"我"思想情思的美好寄托。音调高低起伏,"我"的心绪也会随之起伏跌宕,它与"我"的脉搏律动息息相关。音乐是生命活力的再现,当音乐流动的一刹那,天地万物便与之共和,时间仿佛在这一瞬间都依附在曼妙的音乐声中。音乐可以平复内心的躁动,也可激起心潮的澎湃,陶冶志趣情操,它有着不可替代的魅力与能量。

音乐,生命的历程

红尘梦雨

喜欢一种东西,想留下点什么,然而喜欢就是喜欢,似乎不需要理由。

说起音乐,总能让我想起许多点缀过我生活的记忆。

那时我们还是孩子,生命里只有美丽,只有欢笑,只有歌声。儿时简单、快乐和幸福的日子,让我们想飞,《伙伴》让我们以为现实里有着随心所欲的快乐,我们会一起唱着《伙伴》长大,到天长,到永远。

音乐诠注了一段日子,它点缀了一些特定的心情。

第一次认认真真地学习音乐是初中的时候,突然喜欢上了黄安的歌,没日没夜地学,不知什么时候睡去了,结果到了第二天早上,单放机早就不转了,才知道忘记关掉了。

我不喜欢在课堂上听歌,直到我发现,除了这种方法外,我几乎被繁重的课堂作业逼得没有其他时间来听我喜欢的音乐。偷来的自由是幸福的。

我听音乐,在当时完全是跟着感觉走,只要音乐在,就听得下去,有时听到一些特别符合心境的音乐，心中就会有一种说不出的滋味来，可是我不知道那种感觉原来叫作"感动"。

记得黄安的歌就是把耳机塞在衣服袖子里，放下长发，盖住耳机学会的。

拥有了音乐，我就觉得我拥有了一切。真正重要的不是谁拥有得多、谁拥有得少，而是谁比较满足或不满足，拥有再多的东西还是不满足的话，那就是不幸的人。

有朋友问我："你最喜欢听谁的歌？"我想了很久。是啊！我最喜欢听谁的歌？想了很久，却想不出答案。

一度喜欢张雨生的歌，也买过他的歌碟，《大海》《还是朋友》《口是心非》《一天到晚游泳的鱼》《我想去月球》曾一度响在我的耳边。

一次，无意间在楚天广播电台听到一首歌，只记得歌词很美，"还记得年少时的梦吗？像朵永远不凋零的花……"不知怎的，听后想起了自己的过去，忍不住泪如雨下。

也曾关注过王菲的歌。王菲的音质里有许多感人的东西，她有着冷漠的眼睛，用一向慵懒散漫的声音，唱着爱情的空洞。《暗涌》和《约定》在我看来是她音乐的一个高峰，她的歌显得人性剔透，越来越冷漠，所以才显得美丽。

王杰的歌里有一些杜绝语言的厌倦。曾经沧海的心情、漂泊已久的沧桑，他用自己的歌诠释着自己的心情，诉说着自己的经历。在人生的看台上，他不过是个戏子，可是谁能懂他背后的那份心情？

一度也为爱尔兰音乐痴迷，虽然说至今没有收藏爱尔兰音乐的歌碟，可是能在众多的曲目当中听出它来，那是像水滴一样清澈的音乐，好似长长淡淡的水，风把红色的枫叶、粉白的花瓣、淡紫的花瓣、天蓝的花瓣吹落下来，飘在淡淡的水面上，然后带走。

有些音乐是适合夜里听的，比如说，王杰的音乐，在夜的寂静里才能听出味道来，落寞而沉郁。秋天，稍微有些凉的时候，窗外有雨敲打着窗棂，点点滴滴的雨声能把夜融化，放一些爱尔兰音乐，和着窗外的雨，像清凉的水，一滴一滴地坠落在心里。

音乐中的歌词、曲风、旋律，都以它独特的方式燃烧着它的生命力。

它们不仅仅是一些旋律，它们是美丽的生命，以自己的方式诉说着真实。

生命里有音乐的陪伴，才可以有许多美好的风景，因为天天和音乐接近，它们不但在内容方面给我美丽，在外形方面，也让我觉得美丽。一个房间，音乐响的多了，就会美丽起来，这是我很主观的看法。我认定音乐是非常美丽、非常美好的东西，用它来装饰房间是最合适不过的。

爱音乐成痴，并不是好事，这毕竟是个人的欣赏和爱好，对家庭、对社会并没什么作用，可从来也不想有什么改变。

我很惭愧，至今，仍没什么可以让自己独立生活的资本。

可是因为活着，我在很努力地学习社会认可的东西，一如当年放弃自己的梦想，学着适应学校、适应周围的环境，学着接受外界的给予。

我听从大人的话，学着21世纪最热门的东西，无所谓自己喜欢不喜欢，大家都喜欢就好。

我从没有奢望能通过音乐得到什么，我和它有点距离，进入现实的生活、真真实实的生活，也蛮好的。

在一次次音乐的熏陶里，那些旋律不知不觉已化作了我的灵魂和思想，突然发现音乐已植根在我的身体里，不时时相陪，不如影相随，不时时想着，已无关紧要。

在音乐那儿，我度过了许多快乐的时光，那种感觉和心情是无法用语言描述的。

我听着音乐走到了现在，我常想，如果有一天，我的生活里全是音乐，那会是怎样的情景。

听着音乐能把世界上最肮脏的地方当作最美丽的花园。肮脏是不好的东西，因为心境，面对它的人，因为在生活态度和艺术修养上的不同，对它会有不同的认知和评价。

听着音乐让我认识了生活里许多的美丽，虽然我从不会用语言来说明什么。在听的过程中,我知道了爱的伟大:父爱的深沉、母爱的宽容、朋友间真挚的情谊。

音乐,它永远是一份未知,在下一分钟里能听到什么,谁也不知道,它是一个没有开始、没有终点、没有答案的故事。

谁也不知道在一个时期里会有什么样的音乐诠释着我们的生活。

想想现在所拥有的,对比以前是少得多了,因为生活终究被太多琐碎占据,但守望着周围的音乐和暖暖的爱,我知道时光没有被浪费。

是音乐让我领悟到生活的真谛,心中才时时有美好的歌声响着,是啊,这就是一切!

(文章收入本书时有删改)

悦读指津

在只有欢笑的童年,"我"喜欢有音乐点缀的简单快乐,一首《伙伴》诠释了"我"那段无忧无虑的美好时光。拥有了音乐,"我"仿佛就拥有了一切。音乐中的歌词、曲风和旋律,都以它独特的方式燃烧着音乐的生命力,除了能够得到熏陶,作者从音乐中得不到什么,正如真真切切的平凡生活。可有了音乐,就感觉拥有了一切。

花前抚空弦

罗 兰

有琴名自然,峻崖为案,寒水为弦,弹这天地万花娇媚鸟回啼,抚这世间红尘如涛势如岚。此琴无琴态,故名为空弦,藏于王安石"春风又绿江南岸",藏于老子"地法天,天法道,道法自然"。

这便是自然的节奏,与万物本性相共鸣,与天时、地利、人和共沉浮,周而复始,生生不息,蕴宇宙之奥妙玄机,育情义之韵美意长。

顺应自然的节奏,便是道家所谓"无为而治"。"无为"并非无所为,而是不妄为,不违背自然节奏而为。昔文人画士爱梅之"疏影横斜水清浅,暗香浮动月黄昏",天下之民为谋私利斫其正,删其密,遏其生气,江浙之梅无一不病。古诗有云:"清水出芙蓉,天然去雕饰。"可见这花往往美在自然之态。养梅者须抚空弦,任春光养梅之雍容,夏阳炼梅之傲骨,秋风度梅之风姿,冬雪雕梅之坚毅,让梅以自然之节奏,舞尽芳华。郭橐驼种树也是此理,其莳也若子,其置也若弃,不爪其肤以验其生枯,不摇其本以观其疏密,则其天者全而其性得,无为而治。

所谓"无为"并非仅仅不妄为。樵夫有为于斧,而无为于木;渔夫有为于桨,而无为于水。木、水皆自然之物,顺应自然的节奏。斧、桨皆人之工具,服从人的意志,故人应有为于如何善用斧、桨顺自然之节奏做出有利于人类的事情。也如橐驼种树之初,亦要选时、舒根、筑土,移至官理,便是治理国家的大法。为官者好烦其令,使百姓疲于奔命,抛弃自然节奏,而不能繁衍生息,安顿自己的身家性命;为国者刻舟求剑,使百姓与自然背道而驰,而不能免于凶年,遵循礼之忠孝仁义。古人有云:"蝶破茧而生,翅有光华,人代之,则卷卷不能舒。"可见治天下,须如花前抚空弦,以万物相息之理养民之生息,以山水浩浩之气冶民之淳朴,让民以自然节奏活得恣意,而使天下大同。

自然的节奏能育花木,能治天下,亦能教化英雄才子。天地玄黄,宇宙洪荒,自然的节奏蕴含哲思,文人墨客借此感悟人生的真谛。水流不逝,月缺莫消,苏东坡由此发出了变与不变都应活在当下的感慨。花开径须折,花落不待人,杜秋娘由此发出了时光易逝、人应及时进取的劝励。寸有所长,尺有所短,自然节奏有高有低,抚琴者各取春秋,顺应本性成传世之名。项羽不能文,却将勇武之气绕宝剑,直取敌人性命,终成霸王之名。孔明不能武,却以才华运筹帷幄,手不刃血,立于不败之地。看古往今来，哪一位成大业者不是花前抚空弦，顺着自然的节奏成就自己的辉煌？

花前抚空弦，弹的是自然的节奏，唱的是各自的歌。只是那歌声需合上自然永不停息的深沉厚重的节拍，方才使花开满堂。

（文章收入本书时有删改）

悦读指津

这是一篇摘自《求学·高分作文》的文章。本文文笔清秀、旁征博引，使自然的节奏与万物的本性相共鸣。自然是一把空弦琴，宇宙苍生、沉浮生息，都包蕴着宇宙的奥妙玄机。因此，要顺应自然的节奏，不违背自然的规律而"无为"。文人墨客借这把自然给予的空弦琴来感悟人生的真谛：能育花木，才能治天下，治天下，须在花前抚空弦，便能使天下大同。

第四章

品，艺术神韵

艺术百味，需要用心品咂。宇宙孕育万物，不仅仅生成形态各异的肢体，还赐予其意蕴悠远的神思。拥有了生存的权利，这只是简单地繁衍生息，可时光不停歇、岁月不留痕，短暂的只是躯壳，而艺术却永无止境。万物皆有精髓，领会时若能心神合一，那么艺术的神韵必将永生。

敦煌神韵

唐正鹏

三年前，我在读北宋孙光宪的《北梦琐言》时，书中的一段文字让我对敦煌产生了浓厚兴趣。

该书卷六中说："蜀相韦庄应举时，遇黄寇犯阙，著《秦妇吟》一篇，内一联云：'内库烧为锦绣灰，天街踏尽公卿骨。'尔后公卿亦多垂诮，庄乃讳之。时人号'《秦妇吟》秀才'。"为观全诗，我翻遍了《全唐诗》《中国古诗词大全》《唐代文学史》等书中有关韦庄《秦妇吟》的词条，然均未见收录。去年，偶然在《王国维全集》第一卷里发现了这首《秦妇吟》，该诗为王先生1924年据伯希和所寄影本重录，为中国古典诗歌中罕见的鸿篇巨制。原诗为唐代敦煌写本，出自敦煌藏经洞，19世纪初被法国学者伯希和劫走后至今藏于法国国家图书馆。

今年6月初，为了进一步加深对中原文化的印象和认识，我们踏上了西去敦煌的列车。

导游小姐举起手里的麦克风，一一作答："敦煌是现今甘肃省的一个县级市。汉代以来，是古丝绸之路河西道、羌中道和西域南北交汇处的一大边关要塞，北行至西安，直通中原河西大道；西出阳关，与新疆连通；西北出玉门关，达青海省格尔木。敦煌的名字是汉武帝赐的，'敦'就是'大'，'煌'就是'盛'，敦煌有'盛大开放'的意思……莫高窟是敦煌地区著名的佛教圣地。"

东汉时期的学者应劭将敦煌解释为"大"与"盛"，唐代宰相李德裕之父李吉甫说："敦，大也，以其广开西域，故以盛名。"因此，在我看来，"敦煌"作为地名，除了具有"盛大辉煌"这一含义之外，还有"开放包容"之意。

步入莫高窟景区，踏上连接着每个石窟的曲栏，仿佛一步跨进了佛国净土，"升其栏槛，疑绝累于人间；窥其宫阙，似神游乎天上"。完全忘却了人事的烦扰和人世的烦嚣，备感心底澄澈空明。

第61窟的壁画被解说员称之为"五台山图"，走进洞内，但见画面气势恢宏、线条清晰明了、色彩浓淡皆宜，大小寺院、草木花卉、高僧说法、信徒巡礼，以及发生在五台山的传说故事布置得错落有致。与其说是一幅佛事壁画，不如说是一幅美妙无比的山水人物画，更是一幅技法绝伦的百卉图！步入第158窟，眼前那幅释迦牟尼涅槃像足以使你忘却汲汲人生中的营营世虑而心静。石窟西壁中身长约16米的佛祖释迦牟尼侧卧于佛榻，姿态与面部表情是那样欣慰、沉静、坦然与安详，身后壁画中的佛家弟子、天人和外道，或投地痛哭，或举臂号啕，悲不自胜。释迦卧佛那超凡脱俗、位升净土的神情，与壁画中身份、信仰各异者表现出的复杂的思想感情之间，形成了鲜明的对比和反差，这种对比和反差宣扬了佛教法统的传承性和新陈代谢的必然性。敦煌莫高窟最令人魂牵梦萦的要算形体艺术和音乐舞蹈了。跨进第217窟窟槛，迎面而来的便是头戴佛冠的观音菩萨，她半裸上身，身着锦裙，蝉翼般的透体薄纱垂肩而下，朦朦胧胧，缥缥缈缈。右手略举持莲花，左手下垂，轻拈净瓶，通体上下透出一股动人心魄的少女之美。洞窟四壁上有山水人物，有城郭楼台，还有宫殿居室，更有寺塔田野，完全是人世社会的写照。也许是古代精通佛学的艺人们，巧妙地运用现实生活的真情实景在表达和阐释禅旨佛理吧！

我欣赏"反弹琵琶"这幅古代乐女壁画，一是看，观其造型，那神情、姿态，几近完美；二是听，凝神聚思闻其声，此时无声胜有声。首先，冥冥之中，从那张远古的琵琶上流淌出的，既非丝竹管弦奏出的人籁之声，也非万孔齐发的地籁之响，而是来自九天之上的天籁之音，委婉缥缈而美妙绝伦，丝丝入扣而沁人心脾，回味悠长，不绝如缕。其次是香音女神"飞天"。据说，莫高窟壁画中共有飞天女神一千多身，绘画构图各具特点，或直,或曲,或俯,或仰,或上,或下,或静,或动,或纤细清秀,或丰腴华美,姿态万千,无一雷同。第172窟的飞天最具代表性,窟龛南侧的两身飞天,长带飘曳,翔游太空,自由自在。一身双手枕头,冉冉向上飞升;另一身手捧莲蕾,俯身飘然向下,就连身边的彩云似乎也随其翻卷。这对上下翻飞的仙女构成了一幅充满动感和青春活力的生动画面。北壁经变中的飞天,有腾地而起,手捧莲花洒向人间者;有脚踏云彩,徐徐降落者,随风飘曳的长巾广袖衬托出轻盈的体态。李白观此作诗赞曰:"素手把芙蓉,虚步蹑太清。霓裳曳广带,飘拂升天行。"其实,飞天的文化意义不仅展现的是中国古代的绘画和舞蹈艺术,反映了古代人们渴望自由、征服太空的美好愿望,更以其亦人亦神、亦凡亦仙、亦虚亦实、亦真亦假的艺术境界,暗合了中华传统文化"天人合一"的精神特质,对中华文化艺术的发展和进步产生过巨大的影响,也给我们留下了无穷的想象空间。

敦煌文化所体现的古代中原文化乃至中华传统文化开放兼容、融汇的本质特征,在我们参观的石窟雕塑和壁画中得到了充分体现。要建设一个十分强大的国家,绝不能丢失本民族的传统文化,更不能只有一种单一文化,要在传承和弘扬本民族传统文化的前提下兼收并蓄,并根据本民族的文化心理改造和利用外来优秀文化。

我们有责任保护好敦煌的自然环境,开发利用好敦煌的文化艺术资源,让敦煌这座国人心目中辉煌灿烂的文化艺术殿堂千古流传。

(文章收入本书时有删改)

悦读指津

敦煌莫高窟,乃一方佛国净土。置身其中,便觉心底空明,完全忘却了人事的烦扰和人世的烦嚣。释迦牟尼涅槃像,使人忘却汲汲人生、营营世虑而心静;头戴佛冠的观音菩萨,使人参悟真情实景中的禅旨佛理;"反弹琵琶",观其造型神情,闻其冥冥之声;香音女神"飞天",使人纵览充满生命活力的生动画卷。敦煌莫高,艺术仙境。

大伾神韵

佚 名

有人说，大伾山的历史，就是中原文化史的缩影。游人到此，在欣赏风光胜景的同时，总能拾走一些文化碎片和历史的遗迹。

登大伾山，最先撞入眼中的，是几百棵唐明时期栽下的古柏，岁月在它们的躯干上留下沧桑，山也因它们的存在，而显得古色古香。

千百年来，若干帝王和一些大学问家、大书法家来大伾山，寻访黄河文化，登山览胜，怀古思幽。他们留下的题记、诗赋、石刻、造像乃至碑文、庙宇，又装饰了今天的大伾山，使它跻身"国家级历史文化名城"。

1000多年前，这里还是黄河故道。古老的大河在这里拐了个弯，桀骜难驯的"黄龙"，常常挣脱河岸的羁绊，吞噬两岸良田。据史书记载，4000年前，大禹曾到这里治水，大伾山的石头成了大禹治水的原料，后来人们就称这里为"禹贡名山"。

在绵延千里的内陆平原，因为古黄河及大伾山的存在，浚县位置险要，成为历代兵家必争之地。1800年前，东汉光武帝刘秀打败王朗经过这里，特意登山祭祀天地，并将山更名为"青坛山"。

万仙阁是北方道教的艺术殿堂。令人称奇的是，阁中大大小小3000多尊泥塑，人物全部取材于道教典籍。浚县依临黄河，河床淤泥有很强的胶质，自古以来，泥塑就成为当地独具特色的技艺。万仙阁的建造者，聪明地引入这种民间技艺，使艺术和宗教达到高度统一。

天然形成的溶洞貌不惊人，却有个豪迈的名字——龙洞。每逢天将下雨，洞中就有云气涌出，仿佛真有祥龙在洞中吐纳。北宋政和八年

（1118），天逢大旱，尚书郎率部到龙洞求雨。入夜，大雨瓢泼，旱象缓解，尚书上奏朝廷，宋徽宗赵佶下诏书加封其为"康显侯"。

大伾山的石雕和泥塑历史同样源远流长。依托这两样技艺，浚县被文化部命名为"民间艺术之乡"。建于明朝的恩荣坊，由孟楠建造，万历皇帝朱翊钧亲自批准，给他赐"进士第"，同时赠封其祖父为按察使，父亲为工部主事，这就是史书上记载的"一门三进士"的典故。

历史流过大伾山，带走多少悲欢故事，也留下不同时期的文明碎片。被文化浸润的大伾山，山川灵秀，景色宜人，作为一方胜景，又吸引了更多的文人墨客、历史名人来此吟诗作赋。这些石崖石碑上的题记、诗赋荟萃了从汉唐到近代的名家书法共四百多件，形成今日大伾山非常重要的人文景观。

如此密集的传世珍品，与山川胜景融合，就注定了大伾山的不凡。凝聚历史的大伾山，让每一个造访的人心境平和，晨钟暮鼓，更让人超然世外。明代弘治十二年（1499），哲学家、教育家王阳明奉旨送浚县名宦王越的灵柩归乡，期间，王阳明登大伾山，写诗作赋，开门教学，推行"知行合一"的儒家观点，主张儿童教育要"使其趋向鼓舞，中心喜悦"，以达到"自然日长月化"，这个观点和今天的素质教育不谋而合。

今天的阳明书院，没有了琅琅书声，取而代之的是古朴绵厚的表演。演出把大伾山的历史文化内涵和民间传说结合起来，表现形式以明清时期流传在豫北、鲁西一带濒临灭绝的民间剧种为主，融合宗教文化的神韵，使人在观看的喜悦中，感受到500多年前豫北、鲁西一带民间文化的魅力。

1600年前，后赵君王石勒定都襄国，政局稳定却苦于黄河泛滥，危害人民。正在中国宣传佛教的天竺高僧佛图澄，建议石勒以佛力治水，在大伾山东侧的山崖上，开凿了全国建造年代最早的大石佛。身高约22米的大佛，表情庄严，平视前方。1600年的悠悠岁月，从大佛眼中流过，它在看什么？它看见沧海桑田、黄河改道，沃野变黄沙；它看见李世民、赵匡义等君王登临大伾山。朝代更迭，人世沧桑，大石佛见识过血雨腥风、生灵涂炭，也看到了国家兴旺、百姓安居乐业……它守望着历史，向后人言说。

　　穿越时光隧道，就能看见1600年前大石佛开凿时，人们开始在这里结社集会、朝山拜佛，那就是古庙会最初的雏形。2004年4月，浚县古庙会被文化部定为"民族民间文化保护工程项目"。方圆百里的黎民百姓，犹如千年潮汐，从正月初一到二月初二，浚县古庙会为人们铺开一张了解宗教、感受民俗的大舞台。

　　大雄宝殿内有清代留下的"二十四诸天"佛经壁画，彩绘人物神态生动、栩栩如生，壁画颜色鲜艳，具有很高的艺术价值和观赏价值。

　　数百年岁月悠悠，古老的寺院香火鼎盛。这里流传着一段故事，说唐太宗李世民东征，千军待发之际，也没忘了登大伾山拜谒石佛。因行色匆匆，忘了脱帽，被门外的老槐树碰了头。李世民顿悟：不论帝王还是庶民，都要同样礼佛。于是赶紧脱帽躬身，恭恭敬敬地走进山门，留下一段"龙槐拦驾"的佳话。

　　建于康熙年间的吕祖祠更显出几分清奇险峻。吕祖祠是一组建筑，依山而建的乾元殿后，沿蜿蜒小径而上，就是纯阳洞天，这里是欣赏大伾山风景的最佳场所。再上一道台阶就到了挺立在大伾山最高峰的太极宫，它高约33米，气势挺拔，凌空欲飞，八棱型塔身，按八卦方位排列，是大伾山景区的标志性建筑。

　　大伾山佛、儒、道教并举，互相毗邻，形成有趣的共存现象。大伾山自然环境优美，人文景观丰富，是游人陶冶情趣、了解传统文化的好地方。浚县大伾山见证过帝王攀登，领略过文人的诗词笔墨，还将目睹新时代的变化，续写历史新篇。古往今来，青山常在，大地长存，大伾山的神韵将远扬四方。

（文章收入本书时有删改）

悦读指津

　　大伾山，位于河南省东北部鹤壁市浚县。早在4000年前，大禹治水来到这里，就揭开了大伾山作为文化胜景的历史序幕。2003年，被国家旅游局正式评为"4A"级景区。大伾山集历史、宗教、名胜、人文于一身，天广物博、人杰地灵，其不朽神韵将永随悠悠淇水远扬四方。

古琴之美

孙亚娟

古琴，亦称"瑶琴""玉琴""七弦琴"，是中华民族最早的弹拨乐器。古琴是在孔子时期就已盛行的乐器，到现在至少有3000年的历史了。

古琴是中华传统文化之瑰宝，被列为"琴、棋、书、画、诗、酒、花、茶"的"人生八雅"之首，是古代每个文人修身养性的必修之乐器。嵇康在《琴赋》中说："众器之中，琴德最优"，所谓"士无故不撤琴瑟"，"君子之近琴瑟，以仪节也，非以慆心也"，可见"琴"在文人心目中的崇高地位。

中国的文人抚琴，目的不仅仅是单纯将音乐呈现出来，其中蕴含了人与自然的和谐，天人合一的宇宙观、生命观与道德观。一个人若心中有所思，抚琴时，从其琴声与抚琴的姿势，就能被了解。听一个人弹琴，如同在读一个人的心。琴仿佛一面镜子，将人的内心世界映照出来。借着琴音的传达、文人抚琴的姿态与神韵，能了解这个人的性情、喜好。许多古籍中提到琴德、乐教、抚琴能修身养性等概念，因为文人借由抚琴可以了解自己的情绪起伏，进而了解自己的优缺点。进一步从外在抚琴时姿势的改正，以合乎抚琴时的要求，影响内在心理的调整，久而久之便起到潜移默化的作用。琴声淳厚淡泊，能使人的心灵平和安静，全身舒畅。那种心灵深处的喜悦与满足感是只能意会而不能言传的。

一、古琴的文化起源

中国的传统文化认为，天上有五星，地上有五行，世上的声响有五音，因此，在原始时代，神农氏"削桐为琴，绳丝为弦"，创造了最初的琴。当时只有五弦：宫、商、角、徵、羽，象征着金、木、水、火、土。后来，周文王为悼念死去的儿子伯邑考而增加了一根弦；周武王讨伐商纣时，为了增加士气又增添了一根弦。七弦琴——中国古琴，音色深邃而宏，造型沉稳而美，内心里蕴藏了无穷秘密，琴弦上振动着千古风骚。

古琴的身长，一般都是三尺六寸五分，比喻一年的光阴；古琴的身宽，一般都是四寸，比喻一年的四季；一年共有十二个月，若是加上闰月，便会有十三个月，而这个数目，又恰好是一张古琴上作为音阶的"徽"数的总和。历代的琴人，都特别强调环境的优雅，因为只有在这种环境里，才能生动地体现出"天人合一"的理念。所以，那些动人的琴声，便往往出现在半帘幽梦的窗前、一地银霜的月下；出现在芦花飞雪的水畔、烟岚笼罩的山林……众多的琴曲，都特别注重心境的淡泊，因为只有在这种心境里，才能充分地表达好"境由心造"的真髓。

二、古琴的文化内涵

古琴，蕴含着丰富而深刻的文化内涵，千百年来一直是中国古代文人、士大夫手中爱不释手的器物。

和雅、清淡是琴乐标榜和追求的审美情趣，味外之旨、韵外之致、弦外之音是琴乐深远意境的精髓所在。陶渊明"但识琴中趣，何劳弦上音"与白居易"入耳淡无味，惬心潜有情。自弄还自罢，亦不要人听"所讲述的正是这个道理。相反，人们也常用"对牛弹琴""焚琴煮鹤"来感叹某些人对琴的无知。

古琴的韵味是虚静高雅的，要达到这样的意境，则要求弹琴者必须将外在环境与平和闲适的内在心境合而为一，才能达到琴曲中追求的心物相合、人琴合一的艺术境界。在这一方面，伯牙的经历可称为后世的典范。传说，伯牙曾跟随成连先生学琴，虽用功勤奋，但终难达到神情专一的境界。于是成连先生带领伯牙来到蓬莱仙境，自己划桨而去。伯牙左等右盼，始终不见成连先生回来。此时，四周一片寂静，只听到海浪汹涌澎湃地拍打着岩石，发出崖崩谷裂的涛声，天空群鸟悲鸣，久久回荡。见此情景，伯牙不禁触动心弦，于是拿出古琴，弹唱起来。他终于明白成连先生正是要他体会这种天人交融的意境，来转移他的性情。后来，伯牙果真成为天下鼓琴高手。

　　儒家与道家是中国哲学的两大支柱。在中国众多的音乐形式中，古琴应当说是儒、道两家在音乐中体现的集大成者。儒家所提倡的音乐讲究中正平和，不追求声音华美富丽的外在效果。"琴者，禁也。禁止淫邪，正人心也。"古琴首当其冲地担负起禁止淫邪、端正人心的道德责任。道家最理想的音乐应该是"大音希声""至乐无乐"的境界。从某种程度上看，道家是反对音乐的，究其实质，他们主要是反对艺术形而下的层面，强调艺术形而上的境界部分。庄子进一步将音乐分成"天籁""地籁"与"人籁"三类，认为只有"天籁"才是音乐的最高层面，其根本也是提倡自然天成，反对人工雕琢的音乐，这深深影响了以后的琴人思想，如白居易、陶渊明、欧阳修、苏轼等。陶渊明的琴桌上常年摆着一张琴，既无弦也无徽。每当他酒酣耳热、兴致盎然时，总要在琴上虚按一曲。后来李白有诗写道："大音自成曲，但奏无弦琴。"从中我们不难悟出道家思想对琴乐的渗透与融合。

　　在琴厚重的人文积淀之外，琴的审美在世界的音乐中独树一帜。琴没有肆意的宣泄，只在含蓄中流露出平和超脱的气度。琴往往与诗歌密不可分，古诗词一般都能弦歌之，韵律和顿挫、诗歌和琴乐是完全统一的。琴又讲求韵味，虚实相生，讲求弦外之音，从中创造出一种空灵的意境来，这又和国画的审美追求是统一的。诗歌、琴乐、绘画，不同的艺术形式却有共同的美的追求。在琴那里，审美追求和道德追求融为一体了，难怪世界为之惊叹。

（文章收入本书时有删改）

悦读指津

作为中华传统文化瑰宝的七弦古琴,以其独特的气质,给了人们美妙的精神享受:抚琴时,可把心中所思融在曲调中,调节情绪起伏,进而修身正己;听琴时,可使身心与自然和谐统一,听一曲古琴,正如读一个人的心。淳厚幽深的琴声,带给我们心灵的平和安静、全身的优雅舒畅、心境的清远淡泊……大美之至。

国画的神韵

松间明月

国画源远流长,如中华民族一样经历了数千载辉煌的历史,曲折沧桑,经久不衰。中国绘画艺术,无论怎样评价都应该是世界文化的重要组成部分。

把名山大川、小桥流水、百花粉蝶、人物肖像浓缩于咫尺之上,让你在零距离中欣赏这真实的美、朦胧的美,使心灵融入画作的神韵,在一个美好的瞬间使观众的心事如浩瀚的大海,奔腾咆哮,不能不说是画的魅力。

尤其是中国画的白描手法更是值得称道,清新淡雅,不施丹青而光彩动人。艺术家们于无声处,纵情于山水,泼墨于宣纸;捉刀于不经意之中,寄情于笔端;点墨、勾勒,简洁明了的几笔,所表达的事物、人物便呈现在你的眼前,活了起来。纵观宇宙苍穹,或山或水,或春秋冬夏,或白昼夜空,无不蕴含了天体宇宙的无限奥妙。

古人也好,今人也好,喜欢用水墨画家清淡野逸的笔致,生动勾勒梅、兰、竹、菊的形象。其清新淡雅、清肌傲骨，似乎是传达着文人雅士淡泊的情怀。

说到梅入画来，无论是先人王冕的《墨梅图》，还是今人关山月之梅，无不寄托着画家的一种心绪。梅之风骨与魂魄都在画家的笔下鲜活地表现出来。"幽香透国魂"，关山月之梅当属更高的一个层次。

而绘兰文化，以儒家思想为主脉的美学规范，以其和谐、均衡、合法度、韵律平和、节奏适中为主，瓣形美学要求兰花有端庄、和美的规范，艺术家们力图达到"物我交融、物我两忘"的境界，把自我的情感融入自然。研墨为魂，则兰之丰韵便跃然纸上。寻山中兰蕙如寻知己，"扬州八怪"之一的郑板桥尤嗜画"乱如蓬"的山中野兰，看似乱草，实为兰风藏于其间。

最喜欢明末清初书画家陈洪绶的《玉兰倚石图》。可以说，这幅画颇具匠心，表现出玉兰虽朴素但不失高贵，典雅而不失华美。融富贵于花朵，孕柔情于蓓蕾。双蝶翩至，香甜跃然纸上。枝干飘逸洒脱，自然垂角的度数，属于行云流水的走势，非常赏心悦目。背后假山石闲适舒展，淡雅随和，绝无矫揉造作，看似天然，实则巧夺天工。其留白之处，藏情无法言说，竟如人的一生，需要不断地在收放留白之中把握拿捏，也好在追求不断完美的过程中体味自己的不尽之处。

对于画竹，郑板桥更有独到见地，把"眼中之竹""胸中之竹"画于笔下。

画菊当属明代"吴门画派"中陈淳的一幅《菊石图》，现藏于首都博物馆。对于名家画菊，我最喜欢的还是李苦禅的《秋艳图》，其中秋菊于冷色中更显妩媚，点缀着成熟之秋，在寒风中不失风流。

"凡画山水，意在笔先。"王维在《山水论》中直抒己见，因为那是诗人在绘画和吟诗的实践中总结的。因此，王维被后人尊称为"山水诗人""山水画派的鼻祖"。他流传至今的作品有《王维雪溪图》《江山雪霁图》等，其特点是"裁构淳秀，出韵幽淡""泼墨山水，笔迹清爽"，以水墨取胜，敷以浅绛，值得后来的山水艺术家们借鉴效仿，其清爽的山水诗更是令后人时时吟诵。

给山水林田赋予了灵气与神韵，颇有建树的现代画家当属徐悲鸿。我喜欢他的《漓江春雨》。在雾色蒙蒙之中欣赏漓江真是一种幸福，有些柔和的笔调，有些柔和的春雨，无不表达了漓江之温柔，雨亦温柔。大师把色彩带入了墨的世界，以其独特的"墨色方式"素描，更是开了中国画之先河，是中国画的深化和开拓。

把动物的神韵集于笔下的现代画家也属徐悲鸿。徐悲鸿笔下的奔马洒脱灵动、形神皆备、栩栩如生。其马之嘶鸣，其铁蹄奋起之势，若疆场征战，若驰骋原野，象征着时代的脚步。将生活作为一种气象、一种境界，是人的全部生活经历与文化积淀在特定历史时空中的凝结，是艺术家感受与技巧的有机结合。

书画结合更是中国画的独到之处。清代郑板桥时常借竹抒发自己的胸襟，如他在一幅墨竹中题诗云："咬定青山不放松，立根原在破岩中。千磨万击还坚劲，任尔东西南北风。"以竹之坚韧挺拔，以画为媒、诗为证，表达自己坚忍的性格。"峭壁垂兰万箭多，山根碧蕊多婀娜。天公雨露无私意，分别高低是为何？"这是他的《峭壁兰花图》题画诗。在兰花的婀娜洒脱中，有诗行洋洋洒洒，可谓"意在笔先"，以画之神韵，以语言之精当，表现作者的胸怀。

中国山水画传统在笔墨、设色上均有精妙之处。于平静中孕育着磅礴之势，比如，说山；于凌乱中表达着清润之气，比如，说水。比如，郑板桥之兰，在白描中挥洒着潇洒活泼之势；比如，徐悲鸿的马、齐白石的虾。如果说沧桑的中华文化的曲折给国画增添了新的课题的话，那也当属现代风格的融入与渗透了。

中国山水画具有怡悦性情的功能。它需要通过意境的创造达到情与景、意与境的契合，不同的情意、景境的结合，便可形成境界或大或小、情意或深或浅的意境。

有人说，中国艺术重神韵，西欧艺术重形象。形象与神韵，均为技法。神者，乃形象之精华；韵者，乃形象之变态。精于形象，自不难求得神韵。大自然的一切都是那么富有灵气，巍峨的山岭、漂浮的白云、咆哮的大海、平静的湖水、广袤的土地、神秘的森林，一切的一切，都会为艺术家们所感动。美无处不在，美在生活的每一个瞬间，故艺术家们不会放下手中的笔墨，尽管现代科技如此发达。

（文章收入本书时有删改）

悦读指津

源远流长、历经沧桑、经久不衰的国画，一直以其真实、朦胧、清雅的白描之美，使人的心灵也融入了神韵。点施浅绛，于无声处；泼墨宣纸，纵情山水。梅之风骨魂魄，兰之端庄和美，竹之形神于胸，菊之冷艳成熟，无不在笔墨之间传达着文人雅士的淡泊情怀。天地宇宙、山水林田都蕴藏着无形灵气与万籁神韵，皆在这水墨丹青之中。

读　画

梁实秋

《随园诗话》："画家有读画之说，余谓画无可读者，读其诗也。"随园老人这句话是有见地的。读是读诵之意，必有文章词句然后方可读诵，画如何可读？所以读云画者，应该是读诵画中之诗。

诗与画是两个类型，在对象、工具、手法各方面均不相同。但是类型的混淆，古已有之。在西洋，所谓Ut Pictura Poesis，"诗既如此，画亦同然"，早已成为艺术批评上的一句名言。我们中国也特别称道王摩诘的"画中有诗，诗中有画"。究竟诗与画是各有领域的。我们读一首诗，可以欣赏其中的景物描写，所谓"历历如绘"。但诗之极致究竟别有所在，其着重点在于人的概念与情感。所谓诗意、诗趣、诗境，虽然多少有些抽象，究竟是以语言文字来表达最为适宜。我们看一幅画，可以欣赏其中所蕴藏的诗的情趣，但是并非所有的画都有诗的情趣，而且画的主要功用是描绘一个意象。我们说读画，实在是在画里寻诗。

《蒙娜丽莎》的微笑，即是微笑，笑得美，笑得甜，笑得有味道，但是我们无法追问她为什么笑，她笑的是什么。尽管有许多人在猜这个微笑的谜，其实都是多此一举。有人以为她是因为发现自己怀孕了而微笑，那微笑代表女性的骄傲与满足。有人说："怎见得她是因为发觉怀孕而微笑呢？也许她是因为发觉并未怀孕而微笑呢？"这样读下去，是读不出所以然来的。会心的微笑，只能心领神会，非文章词句所能表达。像《蒙娜丽莎》这样的画，还有一些奥秘的意味可供揣测，此外像Watts的《希望》，画的是一个女人跨在地球上弹着一只断了弦的琴，也还有一点象征的意思可资领会，但是Sorolla的《二姊妹》，除了耀眼的阳光之外还有什么诗可读？再如Sully的《戴破帽子的孩子》，画的是一个孩子头上顶着一个破帽子，除了那天真无邪的脸上的光线掩映之外还有什么诗可读？至于Chase的一幅《静物》，可能只是两条死鱼翻着白肚子躺在盘上，更没有什么可说的了。

也许中国画里的诗意较多一点。画山水不是《春山烟雨》，就是《江皋烟树》，不是《云林行旅》，就是《春浦帆归》，只看画题，就会觉得诗意盎然。尤其是文人画家，一肚皮不合时宜，在山水画中寄托了隐逸超俗的思想，所以山水画的境界成了中国画家人格之最完美的反映。即使是小幅的花卉，像李复堂、徐青藤的作品，也有一股豪迈潇洒之气跃然纸上。

画中已经有诗，有些画家还怕诗意不够明显，在画面上更题上或多或少的诗词字句。自宋以后，这已成了大家所习惯接受的形式，有时候画上无字反倒觉得缺点什么。中国字本身有其艺术价值，若是题写得当，也不难看。西洋画无此便利，《拾穗人》上面若是用鹅翎管写上一首诗，那就不堪设想。在画上题诗，至少说明了一点，画里面的诗意有用文字表达的必要。一幅酣畅的泼墨画，画着两棵大白菜，墨色浓淡之间充分表现了画家控制水墨的技巧，但是画面的一角题了一行大字："不可无此味，不可有此色"，这张画的意味就不同了，由纯粹的画变成了一幅具有道德价值概念的插图。金冬心的一幅墨梅，篆籀纵横，密圈铁线，清癯高傲之气扑人眉宇，但是半幅之地题了这样的词句："晴窗呵冻，写寒梅数枝，胜似与猫儿狗儿盘桓也……"，顿使我们的注意力由斜枝细蕊转移到那个清高的画士身上。画的本身应该能够表现画家所要表现的东西，不需另假文字为之说明，题画的办法有时使画不复成为纯粹的画。

我想，画的最高境界不是可以读得懂的，一说到读便牵涉到文章词句，便要透过思想的程序，而画的美妙之处在于透过视觉而直诉诸人的心灵。画给人的一种心灵上的享受，不可言说，说便不着。

（文章收入本书时有删改）

悦读指津

画作从画家手中诞生，便给了观赏者看画的权利，可有哪些人会静静地驻足凝望并心领神会地读画呢？作者从不同绘画作品入手，旁征博引，比喻恰当，在幽默诙谐中使我们领悟到了其中要义：诗之极致在于人的概念与情感，终究是以"读"字来领悟其中思想；画之极致在于把无形的概念与情感转化成有形的内容，读画实为在画里寻诗。

‖ 箫音琴韵 ‖

松 韵

众多管乐，最爱唯箫。

或是秋江惨淡，水冷星残；或是草野霜白，山高月小……形单影只也罢，对一知己也好，箫声如咽，浅诉低吟，所有心事，尽在其中。

所谓酒逢知己饮，"箫"向会人吟。箫的气质，是孤独而不合群的，热闹的场合，绝不适合它。倘若在灯红酒绿之处，众语喧嚣之时，引箫而奏，便是亵渎它了。

箫外表朴实无华，然气质非俗。箫管竹节外露，本色自然，坦诚如侠士；箫音低沉幽远，以韵取胜，内敛如君子。

箫有"凤箫"之称，品格高雅苍古。"笛奏龙吟水，箫鸣凤下空。"将箫比凤，古已有之。弄玉吹箫，吹箫引凤，典故亦是由来已久。

常有人将笛、箫并列，其实不然。笛多欢庆喜悦，有桃红柳绿之亮色，是入世之歌；箫则清悠悲凉，如旷野落雪之轻柔，乃出世之音。

箫最早取材于骨，凿孔为音，其名"骨哨"。其材凄美如此，其音何能欢耶？后以竹制，一根竹至多成一箫。是以箫面如人，未有同者。

箫似也择主而栖，有缘方能相伴。早年曾于街上，八元钱购得一六孔洞箫，当时试了数支，只这支一吹而鸣，于是欣然相携而归。其声淳厚，颇有古韵。

后又购一八孔紫竹箫，其价逾百，九节刻字，垂穗带套，发音虽易，韵味却减。

所以箫并非以价高为上。如玉屏箫，箫管雕龙刻凤题诗，美不胜收，然似已近于工艺品，收藏为佳，相伴却未必合适。

有箫略细于洞箫者，常与古琴合奏，是名"琴箫"。其音甚弱，如烟绕梁，幽静典雅，其品清奇，有高人隐士之风。

箫与古琴合鸣，是谓琴箫合奏。知音携手于高山旷野，琴箫合一曲《笑傲江湖》，叫多少凡夫俗子梦中也羡！

古琴也称"绿绮""丝桐"……因缚弦七根，故又称"七弦琴"。其身依凤而成形，所以琴身上有头、有颈、有肩、有腰、有尾、有足。琴长三尺六寸五，正合周天；十三琴徽，合为一年加一闰月。

弦以蚕丝为上，是谓"冰弦"。蚕丝乃蚕竭命吐成，揉、捻、抹、按，如有生命感知，敏感细腻处，直触人心。

琴有九德十友。"九德"谓之奇、古、透、静、润、圆、清、匀、芳。"十友"乃冰弦、宝轸、轸函、玉足、绒、琴荐、替指、锦囊、琴床、琴匣。

琴有五不弹：疾风甚雨不弹、于尘世不弹、对俗子不弹、不坐不弹、不衣冠不弹。

古琴通身是韵。且不说"九宵环佩""大圣遗音"，单听琴名已心动；更别说"春雷""焦尾"之故事，复况令人动容。

"泠泠七弦上，静听松风寒。"他乐娱人，唯琴音自娱。古琴之音，亦不入红尘俗世，也只应对高山流水、明月松风。

然此高雅之乐器，我却至今无缘。只有古筝一架，红木为材，其声清越。二十一雁柱，如碧宵雁阵；龙池凤沼，亦含上山下泽，寓天地万象。

闲暇无事，吹箫弹筝，娱己而已。或遇知音，共赏一二，大庭广众，断不可去得。

箫音琴韵，高山流水。伯牙何来，子期安在？

（文章收入本书时有删改）

悦读指津

朴实无华，然气质非俗的箫，音如咽，浅诉低吟，所有心事，尽在其中；高雅温婉，且极具韵味的古琴，音如泓，倾吐柔肠，一切情丝，皆含于弦；箫音琴韵，丝竹合拍，知音缭绕，本色自然。坦诚如侠士，内敛如君子，轻轻一曲，高山流水，笑傲江湖。

浅析京韵大鼓艺术成就

齐向军

京韵大鼓是我国北方的一个具有代表性的曲种。京韵大鼓中的各种唱腔及其结构形式是几代艺人在不断的艺术实践中探索和实践的结果，才使得京韵大鼓形成现在比较完备的唱腔及特色的流派。京韵大鼓的发展史就是各流派的发展史，任何一个流派都是相辅相成、密不可分的。

自清咸丰至光绪年间，先后有艺人金德贵、胡金堂开始不断改进大鼓演唱。清末刘宝全在博采众长的同时，对京韵大鼓进行了改革。说京白，唱京韵，演唱短段曲目；吸取各戏曲的曲调，丰富唱腔；借鉴京剧的表演程式，运用眼神、表情、表演身段等；三弦、四胡、琵琶，形成伴奏小乐队，文人庄荫棠等改编新曲目。唱词、音乐、表演综合于一体。以刘宝全为首创立的新大鼓出现在曲艺舞台上时，顿时轰动了京、津，京韵大鼓从此成为一个新曲种。

京韵大鼓的唱腔属于板腔体结构，其板式主要分为慢板、紧板、垛板、散板等。

慢板，京韵大鼓中最常用的板式，贯穿唱段的始终。慢板的节奏为"一板三眼"，也就是"板、头眼、中眼、末眼"。紧板，顾名思义就是节奏紧凑，在节拍上是"有板无眼"。垛板，也是比较常用的一种板式，节奏为"一板一眼"，没有"中、末"之分。散板，说白了就是在特殊抒情部分比较自由的曲式。

在唱腔方面可分为基本腔、花腔及专用腔两个部分。基本腔是指平腔，花腔及专用腔则包括挑腔、落腔、起伏腔、长腔、甩腔等。

平腔，为"一板三眼"形式，中眼起腔，板上落腔，常用于唱段中部，具有较强的叙事功能，是贯穿全曲的基本腔。落腔亦称"甩腔"，属于下句唱腔，稳定性强，用在段落之中，起短暂的停顿、收束作用。挑腔，也称作"高腔"，是将旋律推向高音区的富有表现力的腔调。长腔，是在平腔乐段靠近尾部乐句中一种吸收皮黄曲调形成的较长的拖腔，听起来曲调低缓、潇洒，具有较强的抒情色彩。拉腔，常用于甩腔唱句前面，大多位于上句，具有不稳定感。

京韵大鼓中各种唱腔的艺术特点及结构形式，是其艺人在不断的艺术实践中探索和实践的结果，才使得京韵大鼓形成比较完备的唱腔结构体系。

以刘宝全为代表的"刘派"：刘宝全，著名京韵大鼓表演艺术家，刘派京韵大鼓创始人。"刘派"的唱腔最突出的特点就是京字京韵的演唱，在木板大鼓的基础上吸收并巧妙运用北京方言演唱，使二者听起来浑然一体，很好地处理了字调和唱腔的关系。

以白云鹏为代表的"白派"：白云鹏，他演唱的特点是依字行腔，运用和缓、低回的唱法，嗓音宽厚，发音多用鼻腔共鸣，他的唱腔比较和缓、迂回，发展了以阴柔为主的唱腔风格；"白派"唱腔对字音的处理十分讲究，注重声音高低的配合、字音强弱的变化、气口轻重的设置，特别善于演唱大段的排比句，句子虽多，但唱腔不重复。曲调起伏不大，唱来如泣如诉，委婉动听。

以张筱轩为代表的"张派"：张筱轩，他嗓音雄厚，气力足，嘴里有劲，代表曲目有《华容道》《斩华雄》等。他的演唱充满激情，一丝不苟，粗野中显气魄，高亢处见精神，善演大型历史题材的故事。

京韵大鼓是北京首批"非物质文化遗产"，只要到了北京，涉及曲艺就没有不听京韵大鼓的。由于京韵大鼓的演唱风格独树一帜，曲调优美昂扬，深受国人的喜爱。如著名的京剧表演艺术家马连良和谭小培、谭富英父子都十分喜欢京韵大鼓，经常光顾曲艺茶园聆听京韵大鼓，对名家的演唱如数家珍。在喜爱的同时，京韵大鼓也深受京剧演员重视，许多京剧演员为了丰富自己的演唱和表演，都将京韵大鼓的腔调和韵味运用到自己的创作中。如著名老旦演员王晓临在改编戏《博氏发配》中就在"发配"一场的"二黄回龙"中加了别致的京韵大鼓腔；著名"马派"老生、马连良先生的弟子张学津在23岁的时候就自编了一段现代戏《箭杆河边》中的"劝癞子"一段，在设计唱腔到"也哭坏了你的娘"这句时，也巧妙地加入了一个大鼓腔，丰富了演唱的特色。还有著名京剧表演艺术家、"言派"的创立者言菊朋先生在他的名剧《卧龙吊孝》中充分发挥自己的特色，刻苦钻研，在"空余下美名儿在万古流传"一句中，也加入了京韵大鼓的旋律，并且十分贴切，得到了一般爱好者的认可。可见京韵大鼓对我国国粹京剧的影响力。

不仅如此，京韵大鼓也对流行音乐有着潜移默化的影响，如著名作曲家雷蕾的处女作电视连续剧《四世同堂》的主题曲《重整河山待后生》，在20世纪80年代引领了一股流行音乐的潮流。一曲《重整河山待后生》，深沉、舒缓、凝重、高亢，透出大家风度。由著名曲艺表演艺术家小彩舞演唱的"千里刀光影……"一时间震惊了电视机前的千家万户。还有阎肃作词、姚明作曲的《前门情思大碗茶》，是一首京味儿十足的戏歌，京韵大鼓的融入使整首歌听起来亲切自然、富有韵味。

总而言之，在中国北方众多曲艺曲种中，京韵大鼓是影响较大、发展较为繁盛的曲种，它有异彩纷呈的流派和灿若星辰的名家名角，更因雅俗共赏的独特品质深受各阶层人们的喜爱。它既是普通劳动者的艺术，也是文人学士的雅趣，其卓尔不群的艺术魅力将永远留存于国人心中。

（文章收入本书时有删改）

悦读指津

在艺术实践中不断地探索，使京韵大鼓这种说唱艺术应运而生。京韵大鼓是我国北方的一个具有代表性的曲种，有比较完备的唱腔及特色流派。源自民间，独树一帜，其曲调优美昂扬，同时也是文人学士的雅趣，因此形成了雅俗共赏的独特品质。卓尔不群——京韵大鼓。

女子"身韵"中的古典气质

陈 静

中国古典舞随着"身韵"体系的建立，终于走出了戏曲与芭蕾的维谷，有了属于舞蹈本身的姿态。"身韵"的女班教材无时无刻不渗透着中国传统文化中属于女性的那一部分古典气质，这种气质不张扬、不平庸，特属于中国传统女子。

无论是谨而又慎的圆场步，还是折腰又垂手的身姿，都散发出一种中国独有的古典气质，而这也是中国古典舞"我之为我"的立身之本。

一、步步生莲的圆场步

在《洛神赋》中有"凌波微步，罗袜生尘"的记载，它描述了女子的脚在走路时候的一种动态美，"微步"即很小的步子，女子走路不像男人那样迈得开，受传统观念的制约，即使想要走得快也非迈大步，仍是在小步子上加快频率，小步体现了属于中国传统女性的内敛气质。

"身韵"的圆场步就是足下的典型代表。圆场步的步子要小，后脚落于前脚的一半之处，起步时右脚尖微向外撇，勾着脚面向前迈出，脚跟先着地，随即压脚掌、全脚着地。在小步的基础上，如果要快速跑起来，则要求身体压稳，不能随着身体而上下颠簸，膝盖要有控制，使圆场步处于一个平衡且快速的运动之中，在看不清的运动中，悄无声息地满场飞。步子小且矜持的圆场步体现了中国传统女子的内敛气质，圆场步在轻勾轻落中，仿佛脚踩万朵花瓣，让人的心悬于半空。舞剧《红楼梦》中的《葬花》一幕，就大量运用圆场步来描写黛玉惜花、惜己的那份惆怅，细小的步子中透出的隐忍无奈让人揪心。

二、"以腰为轴"的曼妙妖娆

关于腰，《墨子·兼爱》中有载："昔者，楚灵王好士细腰。故灵王之臣，皆以一饭为节，胁息然后带，扶墙然后起。比期年，朝有黧黑之色。"《韩非子》云："楚灵王好细腰，而国中多饿人。"楚王对于细腰的喜爱，以至于让国人达到了病态的程度。

而古典舞身韵中的"以腰为轴"更是衬托出腰在舞蹈表现中的重要性，中国传统女子之美多在腰部的曼妙回转，它与西方芭蕾文化中对腰部的固定与控制有本质之差。如果说中国传统舞蹈中女子姿态多为"曲线"，那么西方芭蕾艺术中的女子线条则为"直线"，而这一折一直，全在腰部的细微变化，如身韵中的"云间转腰"，以腰为轴，身体在这个轴上划出平圆、立圆、八字圆，包括"拧"与"倾"的姿态，如腰不参与配合，则根本无法完成。

三、"兰花"上舞出的千千结

唐代诗人赵光远在《咏手二首》中曾写道：

妆成皓腕洗凝脂，背接红巾掬水时。薄雾袖中拈玉箸，斜阳屏上捻青丝。唤人急拍临前槛，摘杏高搊近曲池。好是琵琶弦畔见，细圆无节玉参差。

捻玉搓琼软复圆，绿窗谁见上琴弦？慢笼彩笔闲书字，斜指瑶阶笑打钱。炉面试香添麝炷，舌头轻点贴金钿。象床珍簟宫棋处，拈定文揪占角边。

文中运用了不同的动词来描写手的动态，"洗""掬""拈""捻""拍""摘"等说明手虽小，却可变化多端，满足不同的自然需要，也同时传达不同的情感和情绪。

"身韵"中的"兰花指"手型、盘腕、绕腕等，都可营造出古典女子的温婉含蓄的气质。将"兰花指"放于身后臀上，或将"兰花指"放于脸侧，或者一朵兰花流连在身体四周，种种简单的舞姿都可以传达出属于中国传统女性的那种婉约气质。

古典舞给了我们宣扬自身文化的平台，而"身韵"则是很好的表现方式。在众多优秀的古典舞作品中，可以看到属于中国女子独有的美，无论是步步生莲的圆场步，还是回转流畅的"云间转腰"，或者"犹抱琵琶半遮面"的兰花手，这些看似简单的动作，都代表着属于中国传统女性的古典气质。这种美不骄不躁，却有"回眸一笑百媚生"的倾国倾城，也有顾盼生姿的温婉，无不勾摄住人的心魂。女子"身韵"中所传达出的古典气质，是中国古典舞"我之为我"的立身之本。

（文章收入本书时有删改）

悦读指津

不张扬、不平庸、不骄不躁、温婉含蓄，是中国古代女子身上所特有的古典气质，在中国古典舞蹈中得到了完美体现。"身韵"体系的建立，使中国舞蹈有了自身的姿态。步步生莲的圆场步、曼妙妖娆的曲折腰、"兰花指"上的千千结，都是中国古典舞中女子"身韵"的古典气质的体现，这是自然和情韵传递给我们的内敛气质。

浅析舞蹈中眼儿"媚"艺术表现

舒 娜

舞蹈是一种文化，它能给人以崇高的想象与理解，而眼神表现力对于完整表达舞蹈的意境具有非常重要的意义。

无论哪种舞蹈形式，都是用形体代替或传达演员生命的情绪和意象，其中眼神的表现手法具有任何手法、肢体都不可替代的作用。

一、古典舞

中国古典舞作为我国舞蹈艺术中的一个类别，是在民族民间传统舞蹈的基础上，经过历代专业工作者提炼、整理、加工、创造，并经过较长时期艺术实践的检验流传下来的具有一定典范意义和古典风格特色的舞蹈。古典舞创立于20世纪50年代，曾一度被一些人称作"戏曲舞蹈"。它本身就是介于戏曲与舞蹈之间的混合物，也就是说还未完全从戏曲中蜕变出来。古典舞从其源来说，是古代舞蹈的一次复苏，是戏曲舞蹈的复苏，是几千年中国舞蹈传统的复兴；就其流来讲，它是在原生地上生成的一个崭新的艺术品类，这是一个可以和芭蕾舞、现代舞相媲美的新的舞蹈种类，是地道的中国特色艺术。

二、古典舞中的眉目传情

人们常说"眉目传情"，因为眉毛对脸部的表情起着至关重要的作用。形容女性在展现姿容时，少不了评价她们的眉毛"眉似翠黛""眉颦春山"之类，这些都是常见的描绘。《诗经》中有一首歌颂庄姜之美的诗："螓首蛾眉，巧笑倩兮，美目盼兮。"所谓"蛾眉"，意指眉毛长得像蚕蛾的触须一样细长而弯曲。可见，眉毛和眼睛能最生动、最真实地反映一个人的外在表情和内心情感，所以人的眉目之间，是了解各种信息的最佳渠道。京剧大师梅兰芳也说过："谁的脸上有表情，谁的脸上不会做戏。这中间的区别，就在眼睛的好坏。"眼睛作为身体器官的一部分，其作用不只是作为了解外部世界的一个媒介，把外部的所有信息反射入大脑，更重要的是反映内心世界的一面镜子，因此有"心灵窗户"之称。在古典舞蹈中，有"一身的戏在脸上，一脸的戏在眼上"一说，古典舞蹈演员们十分讲究眼部的传神与内涵。他们把常人的"看"艺术化，通过眼睛表达七情六欲，向观众展示人物的内心世界。如果眼睛没有任何内容，想必一个再优美的舞蹈动作亦苍白如纸，看后就像过眼云烟，空洞而乏味。一位出色的舞蹈艺术家、一位视神圣的艺术如自己的血液一样的中国舞蹈家，正是通过正确的眼神运用技巧去把握自己的内质、艺术情节的展现，用生命中代表情感的眼神流泻出的火一样炽烈的激情，去完成艺术形象与个性的创造，并产生震撼人心的美丽大雅的天姿与神韵，因此，眉目传情是人与人之间传达感情的最直接方式，是中国舞蹈艺术的灵魂。

三、古典舞蹈艺术中眼睛的神韵

在中国舞蹈艺术中，"神韵"是艺术高度的一种境界。无论谈诗、论画、品评音乐、书法，都离不开"神韵"二字。所谓"神韵"，古人说是一种"无迹可求，透彻玲珑，如空中之音、相中之色、水中之月、境中之缘，言有尽而意无穷"的感觉，这种感觉只可意会不可言传。然而"神韵"可以通过舞蹈中眼神的运用去艺术性地表现出来，舞蹈演员可以通过眼神的艺术表达形式结合舞蹈的各种形体语言让观众去认识舞蹈中的神韵，去感悟舞蹈中最精华的东西。而且只有把握住了这种"神""形"，才有生命力。

"心意"或"神"正是舞蹈者心态和内涵的表达，而眼神是最重要的表现手法。人们常说"眼睛是心灵的窗户""眼睛是传神的工具"，而眼神的聚、放、凝、收，合并不是指眼球自身的运动，恰恰是受着内涵的支配和心理的节奏所表达的结果，这正是说明神韵是支配一切的。"形未动、神先领、形已止、神不止"这一口诀形象地、准确地解释了形和神的联系及关系，只有综合运用好这些舞蹈中"神韵"的艺术技巧，才能产生台上、台下的情感交流和艺术互动，使舞蹈形成的放射与观众形成对话，产生震撼的艺术效果。比如，令全国各地以及全世界非常关注的舞蹈《千手观音》领舞邰丽华扮演的形象需要观音的魂灵、观音的情感、观音的境界，在她的身上要表现出巨大的沉静和安详，她在眼神的处理上做得非常到位：在前三四米的地方下垂，整个面目非常松弛，使我们想到了山西、敦煌、西藏等很多地方千手观音的艺术形象。如果邰丽华的眼神过分游离或过于做作，那观众一定会觉得不伦不类，也不会有理想的艺术美感。因此，眼睛的神韵在中国古典舞蹈艺术中起着极为重要的作用。

在古典舞蹈的训练中，每一个最细微的过程、最简单的动作都应是陶冶神韵的过程，神韵常常是通过眼神的表现手法去刻画的。因而我们说人体动作中的神韵并不是虚玄抽象而不可知的，恰恰是起着主导支配作用的艺术灵魂。

"眼神"是中国舞蹈艺术的灵魂，准确地把握中国舞蹈"眼神"的神韵，其功夫在舞外，训练场外的修炼尤为重要。作为一名舞蹈教师，应不断地读书学习，不断地探索研究，不断地领悟世界文化的精义，努力提高自身的素质修养，全身心地投入到教学工作中去，实现自己舞蹈事业的梦想。

（文章收入本书时有删改）

悦读指津

舞蹈是一种文化，需要用舞者的各种肢体向人们传递舞蹈讯息，而眼神却是表现力极强的媒介，对表达舞蹈意境有着不可替代的作用，它不仅仅是了解外部世界的媒介，更是反映内心世界的镜子。眉目传情，传递了人与人之间的微妙情感，更传递着中国舞蹈艺术的精髓和灵魂。眼睛之神韵，实为中国艺术的至高境界。

中国的旗袍文化

采桑子

记忆里印象最深的穿旗袍的女人，是在小说里看见的。

是的，旗袍很好看，它充满了古典的灵性。女人穿上它，仿佛将中国几千年岁月积淀的隽永和优雅在一瞬间集中地体现出来，精致、典雅、富丽，充满了无限风光。瞧瞧那些穿旗袍的女人，不需要额外地做出优雅的气质和温柔的表情，小巧的立领直起纤柔的颈项，流畅的线条提醒着要保持挺拔的状态，开衩的下摆丝毫不影响行走却也告诉你要款款而行。

当然，穿旗袍的女人可能还带有一种冷艳香凝的韵味，低挽的云髻，素手上温润沁透的碧玉镯，耳畔轻轻摇曳的珠坠，莹莹的铜镜，帷幔低垂的绣床，烛影摇红的纱灯，还有那檀香扇中散发出来的丝丝缕缕的香味……一想到这些小说中描述的文字，就仿佛能感觉到那种旷古的忧伤和哀怨。但是，不管横亘了多少苍茫岁月，无论经历了怎样的风尘遮蔽，旗袍那织金绣银、镶滚盘花的华彩，始终长留天地人心。那些20世纪三四十年代的民国女子，不论是时髦美丽的明星名媛，还是贤淑端庄的夫人小姐，当年穿着旗袍时，生命曾是何等的辉煌，然而时代不济，盛极而衰，就好比一丛繁花千朵万朵之后，随之而来的是落红满地随风飘逝，一度魂销香残，留给后人的只有无限的叹息……

翻开历史的卷页我们发现，其实旗袍的出现历史并不长，从严格意义上来说，民国以前的旗袍只是"旗人所穿的袍"，而后来的旗袍却令人惊异地在一连串的领、袖、腰身及长度的演变中，成就了一种烘云托月的气质，成为"衣中艳后"。穿旗袍的女人成为当时最时髦的女人，婉约清丽，千娇百媚，风情万种。然而，历经百年沧桑的旗袍，曾一度被现代女性束之高阁。其实并非女人们不爱它，也许是因为它对现代女性而言太神秘了。一想到旗袍，脑海中就会出现十里洋场的舞女，或者是寂寞长廊昏黄灯光下幽怨惆怅的古典美人。现代女性距离那种生活太遥远，于是在忙忙碌碌的快节奏生活里，在职业服、休闲装、牛仔裤和T恤衫中渐渐迷失了自己。可女人的娇柔、女人的细腻、女人的妩媚、女人的优雅、女人的甜美，这些女人应该拥有的美也因为对旗袍的冷落而丢失了。

所幸的是，当今生活丰富多彩，怀旧的情结在帮助一些现代女性寻找东方女性的自我。从前压在箱底的旗袍终于又一次展现在人们的面前，在一些场合中，她们又穿上了旗袍。穿上旗袍的女人，不仅美丽优雅，而且无论她的心情多么烦躁，只要静静地走几圈，就会慢慢地安静平和下来。穿上旗袍的女人，此时会想到自己是一个女人，是要温柔宁静的，平日的尖酸刻薄、强悍粗犷，也会悄悄地收敛起来。

现代人充满了智慧，古老的旗袍经过设计师的巧妙设计和精心制作，款式更加新颖，旗袍的古典气质里又增添了现代女性追求时尚的成分，那些具有理想的身材容貌和最佳衣着效果的旗袍女郎更加让人惊羡不已。是啊，看看那些穿旗袍的女人，花容月貌，亭亭玉立，把旗袍穿着效果中的甜哆和娇艳发挥到了极致。

旗袍是历久弥新和无法替代的一种时尚文化。美丽的女人们，在心情淡雅的日子里，请穿上你那件最中意的旗袍吧，走上大街，走进微风，清雅怡人，风姿绰约，徘徊在古典与现代之间，如同一朵兰花，盛开在草原、山野、都市，盛开在天地间。

（文章收入本书时有删改）

悦读指津

旗袍，是具有中国特色的女性服饰，最能衬托中国女子温婉优雅的气质，它的出现和发展有着特定的历史背景。随着现代化进程的推进，旗袍成为一种无法替代的时尚元素和艺术文化。无论是市井小巷，还是繁华都市，它都在含香绽放。

人生的戏曲

郭麒尔

戏是人生的一个缩影，人生是戏的一种丰满。

——题记

脸谱是中国戏曲独有的，不同于其他国家任何戏剧的一种化妆艺术。戏曲脸谱有着它独特的迷人魅力。而在生活中，我们也往往不得不以假面示人。人生与戏，究竟又有如何说不清、道不完的关系呢？

红脸

红脸在戏曲里表示忠勇义烈、赤胆忠心。关羽是人们耳熟能详的红脸英雄。而在生活中却不然。谁和谁要是红了脸，那可不是一件好事，如果再争到面红脖子粗，这脸面还真不知道该往哪里搁。对了，还有脸红。在古代，也许女子脸红是个美德，可在这竞争激烈、弱肉强食的社会里，脸红可就要吃大亏啦！现在需要的是"脸皮特厚"的人才，能够推销自己，做自己的伯乐。如此看来，咱们还得学学戏曲里的关羽，做个有血性、勇烈的人。

但戏曲里也有例外，如《法门寺》中的反面人物刘瑾就描红脸，这里有讽刺之意，使人一看便知是个擅权的太监。

白脸

这又是一个戏曲里的老熟人。白脸又分水白脸和油白脸。水白脸表示阴险奸诈、善用心计，如曹操、赵高、严嵩等。油白脸则多为刚愎自用的狂妄武夫，如马谡、高登等。

在现实生活里，白脸也不是个好东西。要是被别人骂作是小白脸，那你可得小心了，来者不善哦！除了小白脸，还有脸发白，嘴发紫，咚——怎么了？晕倒了呗。白脸，即血色不好也，不过，过度的惊吓也会白脸哦！

看来白脸无论在戏曲里，还是生活中，都有这么多的不好，还是改成蓝脸的好。

蓝脸

蓝脸在戏曲里表示刚直勇猛、桀骜不驯，如窦尔敦、夏侯惇等。看来还是不错的。

可是在生活中有蓝脸的人么？我倒是还没发现。兴许外星人是这样的吧！有待考证。

粉红脸

这粉红脸嘛，在戏曲里是年迈气衰、德高望重的忠勇老将的代表，如廉颇、袁绍等。

可是在生活里，却大不一样。比如，我们会形容小孩的脸粉嫩粉嫩的，而且，粉红色是青春的我们最钟爱的颜色。所以在生活中，粉红代表了生机，代表了可爱，是青春的色彩。

金银脸

金银脸在戏曲里可是个神秘的色彩，一般用于神、佛、鬼怪，象征虚幻之感，如二郎神、金翅鸟等。

在现实里，虽然没看见谁用黄金白银打造面具（埃及法老除外），但是金银也是个神秘的东西。比如，人们往往给佛像镀上一层薄薄的金片，而且豪华大型的场合里也是金碧辉煌、金光闪闪，穿金戴银更是人们追求的潮流。金银是神圣的象征，也是富贵的象征。

好了，说了那么多，你是否对戏曲中的脸谱有一个大致的了解了呢？你是否觉得人生与戏曲有时非常相似，有时又相差甚远呢？也许这就是戏曲源于人生，却又高于人生之故吧！

（文章收入本书时有删改）

悦读指津

　　戏曲是人生的缩影，脸谱是中国戏曲的假面：红脸，忠勇义烈、赤胆忠心；白脸，诡计多端、阴险奸诈；蓝脸，刚直勇猛、桀骜不驯；粉红脸，年事已高、体弱气衰；金银脸，佛灵深邃、神秘扑朔……各类脸谱演绎了人生的多彩。人生丰富了戏曲：要做热情勇敢的人，要摒弃卑行劣迹，要让青春更加精彩，即便老了也要德高望重。

生命本身就是一次绝美的舞蹈

阳　氏

　　2005年"感动中国"给邰丽华的颁奖词是这样的：从不幸的谷底到艺术的巅峰，也许你的生命本身就是一次绝美的舞蹈。于无声处，展现生命的蓬勃，在手臂间勾勒人性的高洁，一个朴素女子为我们呈现华丽的奇迹，心灵的震撼不需要语言，你在我们眼中是最美。

　　提起2005年的春节晚会，或许让亿万电视观众最为感动的一幕，就是全部由聋哑演员演绎的舞蹈《千手观音》。在不到6分钟的时间里，21位聋哑演员优雅的舞姿与音乐的完美融合，让人们很难相信她们是生活在无声世界里的特殊群体，而她们发自心灵深处关于爱的表达，将伴随着舞蹈《千手观音》长久地留在人们的记忆里。这个舞蹈的领舞者就是邰丽华。

　　29岁的邰丽华是中国残疾人艺术团舞蹈演员、中国特殊艺术协会副主席。她是生活在无声世界里的舞者，是中国唯一登上两大世界顶尖艺术殿堂——美国卡内基音乐厅和意大利斯卡拉大剧院的舞蹈演员，她和舞蹈《千手观音》或许是2005年让我们留存在记忆中最温馨的感动。

和大多数人一样，邰丽华有着美好的童年。邰丽华的妈妈说，她在婴儿时期，是一个非常会说话的小孩子。在幼儿园，说话比别的小朋友说得都流利，叫每一个小朋友家长的名字都叫得特别清楚。2岁时，邰丽华因为高烧失去了听力。从那时候开始，她知道自己跟其他的小朋友不一样了，她听不到声音。

邰丽华说，她当时感觉特别空虚，好像跟别人离开很远的距离。6岁时，父亲送给邰丽华一件生日礼物——一双舞蹈鞋。邰丽华看到这双白色的舞蹈鞋，高兴地穿上就在床上蹦来蹦去，不忍心在地上走，那双舞蹈鞋改变了她的一生。15岁时，邰丽华才有机会接受正规的舞蹈训练。邰丽华逼着自己去练，逼着自己去记，有时耳朵和身体练伏了，练烦了，她还是忍着。从厌慢慢转变成爱，慢慢让舞蹈深入到自己的血液中。一个星期以后，她可以转100圈、200圈、300圈都没有问题。胳膊的动作刚开始特别硬，不熟练，一直练到胳膊都肿了。老师第二次来看她时，感觉这孩子还是有培养前途的，就继续教她。

邰丽华说："其实大部分时间我都是在充满爱的环境中长大，痛苦对我来说，印象不是很深，快乐大于痛苦。千手观音是一个非常善良的人，一个菩萨，她会伸出一千只手去帮助世界上所有困难的人。我们就是因为得到全社会给予我们的关爱，所以同样也会伸出一千双手去感谢所有社会上给予我们帮助的人。"

邰丽华从2岁开始就生活在无声世界里。如果她就此消沉在孤寂的世界里，我们今天也就无法从《千手观音》中获取感动和震撼。但她没有抱怨命运的不公，而是以一种积极、乐观的态度来笑对人生，并且用残缺创造出一种特殊的美丽。很多人或许不相信在邰丽华成长过程中并没有太多的痛苦，她是在爱和快乐的环境中长大的，而正是这种乐观的人生态度让她一直用一种感恩的心来回报社会。

（文章收入本书时有删改）

悦读指津

肢体只是生命的载体，完整的肢体固然可使生命活出方便，这要感恩于生身父母。但也要深知，身体也是命运赐予的，可命运的吉凶并不能增缩生命的高矮，残缺的肢体依然可使生命活出顽强，这要感激——还活着！舞者，不仅是在经历舞蹈命运的考验，更是在用乐观演绎生命的尊严。

谈相声艺术

方 成

人都是哭着来到这世界上的，总要拍着哄着才安定下来。无可奈何，也就认了。要活着，那真是很累，也艰苦，很不容易。谁不想休息一下、放松一下、自由一会儿，把一天劳累、紧张的心情缓和下来？

笑是最有效的安神剂。

人都爱看、爱听可笑和逗笑的事，爱听人说笑话。有人爱听、爱看，就会有提供逗人笑的场所，于是出现了各种逗笑的表演。有滑稽的杂耍、逗笑的杂技以及逗笑的闹剧、滑稽戏和喜剧等，这些表演都需要一定的技术训练。有些表演会出现一个人或两人对演的形式。相声就是这样经过几次变革之后，才成为通行的说笑话的表演技艺的。

相声在我国北方是很受一部分观众和听众喜爱的。我在北京上学读书，从小就爱听相声。我家附近有个西安市场，里面有曲艺和杂技表演，我常去看。更常去不远的西单商场内的广场中，听著名相声艺人高德明、张杰尧（外号叫"张傻子"）、绪得贵、汤金澄（近视，外号叫"汤瞎子"）和朱阔泉（很胖，外号叫"大面包"，是侯宝林的师傅）的表演。那时的相声中有不少精品，但精品中也会有些糟粕。

新中国成立后，在党和政府的督促和帮助下，经过老相声艺人们的努力，还有几位学者作家如老舍、罗常培、吴晓铃等先生们的从旁协助，把传统相声加以整理和修改，取其精华，去其糟粕，并创作相声作品，研究相声艺术理论，使相声表演在艺术发展上达到完全成熟的阶段。

逗笑靠滑稽。幽默也是滑稽，但不止于滑稽，而有内涵，引人回味，予人以美的愉悦。观众之所以喜爱看马三立和侯宝林的表演，就是在于他们的幽默。幽默是雅俗共赏的。侯宝林向我说过，相声表演一定要讲究美。说、学、逗、唱，在表演中，都要讲究美，形体动作也同样讲究。他说过，他很不喜欢在表演中做出不雅的怪相来逗笑。我和他从相识到经常来往已有三十多年之久，听他说话，就觉得他很讲究语法、修辞。有一天，我说："漫画和相声很像。"他略一想，说："相声是立体漫画，是有声的漫画；漫画是平面的相声，是无声的相声。"这话说得很对，也很简洁！相声是一种语言的艺术，是用口说来表演的；而漫画同样是一种语言的艺术，是用笔画出来的。两者都属于语言艺术，在这一点上是相通的。

一般的滑稽虽然逗笑，使人得到快感，但快感不等于美感，使人感到轻松有趣，仅此而已。相声靠滑稽的语言逗乐，这是它的艺术特性。现在有的相声表演却改了，常用各种表演动作造成滑稽来逗乐。有的还是多用形体动作的滑稽逗乐，这就成了另一种表演形式，和相声不同了。如果继续下去，相声艺术有可能会失传。

关于相声的流传，过去都是师傅把相声段子传给徒弟。徒弟在表演时，从听众的反应体会到哪样说法的效果更好，或是差些，自然会有所改动，再传给下一代徒弟。所以传下来的所有的相声段子，都是经过几十年甚至上百年一代代的众多演员在表演实践中修改过的。而每一位演员，都是从几十个、上百个传统段子的表演实践中，领悟相声逗笑的种种技巧，深知其中的奥妙。最著名的相声大师张寿臣、马三立、侯宝林、刘宝瑞等，都是经过表演上百个传统段子，才领悟相声的艺术精华，成为大师的。

目前常听到相声陷于低谷的议论，主要原因可能是演员们缺乏对相声艺术传统的继承，未曾领悟相声艺术的技巧，创作自然会陷入困境。我曾向一位相声界的朋友问过，他告诉我说，年轻演员会说四五个传统段子，有的会多一些。在这种情况下，恐怕会十个传统段子的年轻演员就不多了。还有一种与以前不同的现象：各人说各人的段子，互不相通。我没见过姜昆说别人说过的段子，也没见过别人说姜昆的段子，更没见谁说过侯宝林说过的段子。只就这一点来说，传统不见了！

我知道侯宝林曾为毛主席说过一百多个传统相声段子。张寿臣、马三立当然也同样在几十年里的各种场合说过一百多个段子，没有这种能耐是成不了相声大师的。

不会说传统段子，段子靠自己或与别人合作写出来，是凭谁的相声艺术基本功来进行创作呢？所以我们现在看到的相声表演，就感觉不大像相声，怎样逗笑的法子都有，有时还见用一些毫无美感的怪样子来逗笑，看来不怎么像艺术表演，甚至不觉得滑稽，不觉得有快感。

我主张相声演员都学传统段子，表演传统段子，会得越多越好。现在电视里就不想播出传统相声的表演。前两年，我曾在文章里写过：侯宝林曾为毛主席说过一百多个相声段子，都是传统老段子。毛主席可以听传统相声，也很爱听，很多老百姓也爱听，为什么不可以听？

从我过去看相声表演有所体会：演员表演时，是和观众在一起的。当场看到观众的反应，可知演出的效果如何，有利于表演的调整和改进。演员当场和观众的情感直接交流，对双方都有好处。但这并不妨碍电视和广播演播传统相声的表演。相声可是我们中国独有的一种传统表演艺术，不少观众需要，对相声艺术的鼓励，对其发展也是有利的。

（文章收入本书时有删改）

悦读指津

相声是一门讲究说、学、逗、唱的艺术，也是中华民族的国粹，我们应把相声传承下去。这就需要相声演员勤学苦练，掌握基本功，并深入群众，让相声更好地源于生活、反映生活、点缀生活。相声作为一门艺术，在接近老百姓的同时，还应有雅致的意韵，所以，相声的传承需要演员与观众的共同努力。

我父亲马三立的相声艺术追求

马志明

我父亲马三立是大家熟悉的老相声演员。他一辈子执着地钻研相声，把绝大部分精力放在对相声的创作和表演上。

相声不同于戏曲，也不同于鼓曲，它没有派别之分。每个相声演员都要根据自己的条件和性格、爱好来选择自己的表演风格。每个人的相貌、声音、性格、爱好、素质等，不可能完全相同，所以也就没有完全相同风格的相声演员。大家提出的"马氏相声"，只不过是我父亲本人的表演风格而已。

我父亲这个人，可以说就是"为相声而生"的。他的脑子无时无刻不在研究相声。即便与人聊天，他也十分注意别人说的每一件小事，并且利用谈笑，抖出来"包袱"。遇上有意思的事情，总要写在本子上，以便为今后的创作积累素材。无论是向老先生学的段子，还是自己或者别人的原创作品，他都要进行反复的琢磨，加以修改、提高，以迎合时代的需要，满足观众放声大笑的欲望。

我父亲对于相声作品中的文学性，有自己的理解和追求。在传统相声中，《吃元宵》《文章会》《对春联》等作品，都有引用或改编儒家的名言、警句，化为"包袱"。在以后的新编相声中，也爱引用一些《论语》《孟子》等名篇中的名言，构成"包袱"。实际上，他对于所引用的每一句文言文都有相当的理解，并且运用到相声中符合人物性格，符合特定的情景，成为必要的铺垫，才抖响了"包袱"。现在，有些相声演员，并没有理解透作品中文言文的含义，就草率地上台演出，往往不能取得应有的效果。这是因为不理解文言文的含义，就不能准确地把握句子的逻辑重音，容易误导观众。

在表演过的新相声中，《买猴儿》是我父亲的一个"坎儿"。这是相声作家何迟的作品，是当时的曲艺团业务团长作为任务派给我父亲的。我父亲接到这个作品以后，夜以继日地进行修改，进行了二次创作。然后，他和搭档张庆森先在电台直播，后来才在工人剧场正式上台演出。"马大哈"一下子出了名，被观众认可，成为一个典型人物。我父亲在艺术上争强好胜，不屑于"嚼别人嚼过的东西"。每一段作品，都必须经过自己的认真打磨，甚至重新铸造，根据自己的表演特点，反复推敲、修改以后，才搬上舞台，再交给观众去检验。

我父亲平生演过许多新作品，他最钟爱的作品当数《今晚十点钟开始》。这也是何迟创作的，我父亲经过修改和加工，演出了近40年之久。每个不同的时期上演这个段子，他都要根据当时的不同情况和观众的不同审美要求，进行改编，使这个段子达到常演常新的境界。到最后上演定稿时，仅这一个节目的修改稿件就达2尺多高。

我父亲生前常说："我是观众的孩子，是观众把我培养起来的！"他是这样说，也是这样做的。他像尊敬父母一样，尊敬观众。天津观众总是要求相声作品要有耐人回味的"包袱"。对"皮儿薄"的"包袱"，也就是浅显的"包袱"，绝大多数天津观众不愿意听。我父亲长期在天津演出，所以对观众的要求很了解，于是他就爱在让人听后乐于回味的方面设计"包袱"。由于他的刻苦努力，他的相声"包袱"受到了天津观众热烈的欢迎。也可以说，我父亲的相声"包袱"就是为天津观众独特的审美趣味设计的。

我父亲不仅对相声艺术一丝不苟、精益求精，而且做人也是严以律己、公私分明的。他对家人，从来没搞过任何假公济私的行为。一般来说，为人父母，都要为孩子的终身大事操心。可是，我父亲从来没有把这些事放在心里，也没有替孩子出谋划策过。这是因为他的心里只有相声，其他的事情在他的心里根本摆不上位。

他的亲孙子，由小学升初中，想托他帮忙找人上个好学校，他一口回绝，就是不给办。

后来，我父亲住院治病期间，开的各种药品，他都不让我们动用。这些药是国家予以报销的，我父亲说："咱不能让国家多花一分药钱。"这就是他耿直的性格。

我父亲还非常热衷于公益事业。他在河西区的科艺里居住期间，不顾自己体弱年高，仍然参加小区的义务巡逻。位于河东区新开路的马三立老年公寓，就是我父亲希望社会上能有更多的老年人得到帮助，都能够享有幸福的晚年生活，而无偿地捐出姓名权，没有索取任何报酬。

我父亲在病重期间立下遗嘱，除了简单的民族殡葬仪式外，不搞任何悼念活动，不要送花圈，不开追悼会。他不愿意惊动大家，不愿意让人们悲伤。这是因为，他热爱自己的观众，热爱自己的事业，只想让观众"笑"。这是他这一辈子所追求的唯一人生目标。

他的这种品质，与他深爱的中国共产党的教育是分不开的。我父亲这一辈子最高兴的事，就是能够加入中国共产党，并且被选为优秀党员和政协委员。

作为一名相声演员，只有具备了为人民服务的思想品质，才能更好地做人，更好地做艺。他的艺术才能在人民的心中生根，永葆青春，受到人民群众的爱戴与怀念。

（文章收入本书时有删改）

悦读指津

著名相声艺术大师马三立先生，把自己的生命毫无保留地奉献给了中国的曲艺事业。他时刻苦心钻研自己的相声，对于生活中每一个可用的素材都随时记录成册。勤奋务实是他的敬业精神。他治学严谨，务必使每一处细节都能让听众信服，他的相声艺术已在人民的心中生根。虽然他人已不在，但他带给我们的笑声却永不消失。

那些听评书的日子

灵　果

近日偶然购得袁阔成先生的评书精选，不禁欣喜若狂。我们这一代人是听着评书长大的，现在的小朋友可能已经不知道评书为何物了，那真是失去了很多人生的乐事与快感。

评书演播者凭一己之力，滔滔言辞，灵牙一碰，千军万马，俐齿轻摇，故国神游。当时每天中午12点，中央广播电台都有评书联播，我们放学以后无心贪玩，狂奔至家里收听，听到精彩处，茶不思、饭不想，双眼放光，神思缥缈。很多课余的日子也是在和伙伴们讨论评书里的人物、细节中度过的。

记不得听过多少部书，印象深刻的有单田芳的《隋唐演义》，这是我刚上小学时听的第一部书。单先生是评书演播者中知识层次最高的一位，考取过大学。记得他说的《太平天国》，形容一个人长了一对"小母猪眼"。刘兰芳的《杨家将》《岳飞传》曾经风靡大江南北，那时只要刘兰芳开始说"岳"，常会万人空巷，现在想来真是不可思议。刘兰芳的风格比较正，像是评书届的"新闻联播"，一派大国之风。田连元声音好，风格介于单、刘两人之间。他说《刘秀传》，在讲述刘秀躲避王莽追兵，东奔西跑、仓皇无助时，情感深沉，真切动人。当时的我正陷于高考困境中，只觉那刘秀的茫然失措仿佛我一样，竟忍不住偷洒一滴泪于被窝之中。

评书中我最爱的是袁阔成先生的《三国演义》，此书乃是评书艺术的集大成者，全书300多篇，分3年在中央电台播出。此书伴随我从小学到中学，从"《三国》盲"到"《三国》通"。那时中午12点听《三国》，听完后顾不上午休，急忙翻开罗氏《三国演义》，阅读"且听下回分解"后在分解什么。下午到学校模仿袁先生的语气讲给伙伴们听，活灵活现，拥趸甚多。日日如此，乐此不疲。虽是巾帼，绝不让须眉，班里的男生没有一个比得上我这个"《三国》通"。我最喜欢的人物是曹操、赵云。曹操历史形象不佳，禁忌少，所以袁先生完全把他当作凡人英雄来塑造，常常开他玩笑，使曹操的形象十分生动可爱。比如，曹操赤壁兵败华容道，逃至险要山处，突然哈哈大笑道："诸葛村夫智谋不行，若在此处安排一支人马，我命休矣！"笑音未落，只听一声炮响，关羽在此。曹操一看差点儿咽了气。再比如，曹操头疼，请个御医看不好，气得一脚把枕头踢到了床下。

赵云是《三国》里最完美的人物，袁老本人也很喜爱，后来又专门录了赵云的全传《长坂雄风》。这部书的精彩段落"长坂坡"，我还录了音，夜夜睡前静听，以致后来倒背如流。赵云容颜俊美、武艺超群、风度翩翩，更难得的是淡定从容、义薄云天。袁老每次形容赵云的卓尔不群总是感情充沛、激情洋溢，可见他对这个人物爱之深。"这员将真是威风八面，看赵云头上戴着亮银狮子盔若张口吞天，雪片鱼鳞甲是虎体遮严，护心宝镜如天边满月，素罗袍绣海水波翻。肋下带青钉宝剑，素白色中衣，脚下一双素白色五彩虎头战靴。……这员将长得怎么这么好看呐，看赵云是眉如宝剑、目如朗星、鼻如玉柱、耳如元宝、口如丹珠。这张脸是红中粉、粉中白、白中润、润中俊。"这些语言袁老说来又俏又帅，引得我们争相模仿戏耍。戴锦华说赵云是中国传统文化中不老的青春偶像，这个传统文化我是在评书中学习到的。在评书华美壮阔的铺陈下，在日日夜夜倾听，无数次热血沸腾、热泪盈眶时，这位白袍将军、阿斗和糜夫人——幼童和女性的保护者，深深根植于我的精神与血脉之中，那是来自古中国最美的一份记忆。目前很多导演筹拍《三国》，据说刘德华将出演赵云，我对此根本不作期待，在我的心中，无人能及赵云之万一。也许他已幻化成天空中的一片云，以前活在评书里，现在在天上。

袁老的《三国》，在分析曹操赤壁失败的原因时，鲜明地给出观点，骄傲使然。袁老的《三国》是评书，评书是俗文化，面对的是芸芸众生。可袁老却很优雅得体，诙谐幽默处比比皆是却绝不粗俗，类似"曹操对女人不能讲究只能将就""袁绍热爱美酒、狗、马和女人""诸葛亮在城楼上唱卡拉OK"之类粗鄙油滑的语言绝不会在袁老嘴里出现。他倒也讲过现代词汇，比如，"许褚在战场上猛见到飘来一奇怪兵器，大惊，心里合计：哪儿来一飞碟"，颇具后现代搞笑风格，结合那个场景，令人捧腹。袁老的《三国》使评书艺术进入到巅峰时期，这与演播者本人的学识、修养、境界密不可分，更难能可贵的是倾注了袁老的一腔热血。据袁老后来回忆，因为长年讲《三国》，他对其中的主要人物爱已成痴。在讲到曹操、孔明去世的段落时，热泪不止，痛哭失声，几乎不能录书。这种痴狂倒也快乐。

后来，因为社会进入多元化时期，娱乐的形式丰富多彩，评书逐渐衰落。有人发明电视评书，把评书家放到前台，这种方式我不喜欢，评书是听觉艺术，就美在上天入地的瑰丽想象。就像中国茶妙在那舌尖的一点余香，若也改革，将茶如咖啡一样加糖加奶，那成什么怪物了。

现今评书已离我渐行渐远，但我永远怀念那些少年时听评书的日子。中国的古文化是以评书这种很民间的方式默默地渗透到我的心田，那些古老的故事、人物从此再也没有离开过我。他们陪伴我，安慰我，鼓励我，填满我生命的每一个空间，一如那少年时每天中午12点的美好时光。

（文章收入本书时有删改）

悦读指津

听评书长大——是作者人生中的最大乐事。评书艺术家以一己之力，凭伶牙俐齿，便可呼风唤雨，调集千军万马。从单田芳的《隋唐演义》、刘兰芳的《杨家将》，到最喜爱的袁阔成的《三国演义》，再到完美的赵云形象，都道出了作者对评书艺术的由衷喜爱。社会在发展，娱乐在泛滥，评书浪潮逐渐退去，作者却借此文来怀念那个无评书不快乐的日子。

电影《生命因你而精彩》

佚 名

最初给我留下深刻印象的是这部电影的主题歌，《日落美景》是Boyz Ⅱ Men的一个成员唱的，非常好听。在电视里看到了MV，然后就拼命地找这部电影的DVD，多年后，终于找到了，是一部好片。

这部温情感人的影片围绕一名音乐家贺兰先生展开。他真正的志愿是创作一首流芳百世的交响乐，却为了生活无可奈何地当起中学的音乐老师来，其后更将自己三十多年的青春贡献于培养学生对音乐的兴趣，后来也才惊觉自己的成就原来那么大。他启发并改变了数以百计的学生。贺兰先生受到学生及家人的启示，最终明白人生并不会常常按照我们的计划而行，而要求我们接受意料之外的事情。

这是我所见的翻译最为诗意和贴切的片名。20世纪30年代曾有过这样短暂的锦瑟年华，像《魂断蓝桥》，原名是《滑铁卢大桥》，可以说是化腐朽为神奇。

作曲家贺兰，放弃了自己的事业，去中学当了一名音乐教师，动因只是权宜之计，挣了钱后就闪，去从事自己心爱的作曲事业，但没想到偶然的选择，竟成了终身不变的唯一。

并不是一开始就上路，教了5个月，学生听得呵欠连天，突然意识到自己的无能，于是学着变通，从摇滚乐入手，真正引导学生进入了一片崭新的天地。

回想起我们的学生时代，一直渴望有人来发现自己的特长，因材施教，但我们没有出生在春秋时期，没有当孔夫子学生的福气，我们只想平平凡凡地拥有一项特长，一项能让我们微笑回味学生时光的特长，很遗憾，到现在我仍然只限于憧憬。

有很多机会在我们甚至根本来不及获得的时候，就已经失去了。

这就是我看本片感动的原因。贺兰老师拥有自己的事业，为了发掘出孩子对内心世界的渴望，放弃了自己与生俱来的冲动。当那个吹肿了嘴唇也找不准单簧管音的、长了一头晚霞一样长发的小女孩，在贺兰的启发下，闭着眼吹出了想象中的音符，我不知道她究竟克服了多大的困难，但我跟她一样欣喜若狂。

还有那个黑人男孩，一无所长，对节奏一窍不通，为了能拿到学分顺利毕业，居然还会去练打鼓。在乐队练习中，贺兰突然喊停，男孩一脸错愕，老师告诉他，刚才他终于找到了节奏，全场掌声雷动。

那个黑人男孩后来在战争中阵亡，在他的葬礼上，贺兰又使另一个天才少年成熟起来。生生不息，绵绵不断。

无论是聪慧的，还是笨拙的，都有自己合适的位置，生命理应获得尊重，这个意义，贺兰起初并不知道。直到他退休的那一瞬间，他所教过的学生，从四面八方汇集在一起为他送行的时候，贺兰明白了，他的学生也明白了，所以泪水滂沱的观众也明白了。

贺兰自己的儿子却是一个先天聋哑人，对于这样一个视音乐为生命的父亲来说，是不是有点残酷？

这部片子没有任何华丽的技巧，也没有艺术或技术上革命性的突破，它手法陈旧、叙述传统、思想保守，所歌颂的也是司空见惯的美好品德，主题是尊师，没有哗众取宠之处，却如此令我念念不忘。

我觉得，它其实讲述了一个亘古的话题——生命的价值，使我在声色犬马中逐渐迷惑的时候，有如醍醐灌顶。

（文章收入本书时有删改）

悦读指津

电影艺术，以其美轮美奂的画面、生动贴切的乐曲、个性百态的语言和起伏跌宕的情节，深深地吸引着观众。作者以自己特别喜爱的电影《生命因你而精彩》为例，向我们讲述了一部电影带给我们的生命感悟。

我看舞蹈的美

梁 衡

舞之美，是人的美。它是一种艺术，当然有艺术美，但它所假之物并不是声、色、字、词，而是天生的、自然存在的人，因此它首先是一种自然的美。它努力挖掘人的灵秀之气，给人一种高级的美感。当我们看着舞台上那舞动着的美人时，她（他）举手、投足、弯腰、舒臂，那美的形态、身段、轮廓、线条，恰好表现了美的内蕴、美的感情，而不必借助什么道具。

舞蹈除自然美外，更注重艺术美，于是便要讲到衣饰。但这衣饰绝不像旧戏那样给人套上死板的程式，也不像话剧那样过分地写实。它是绿荷上的露珠，是峭壁上的青藤，是红花下的绿叶，是翠柳上的黄鹂，是一种微妙的附着。它不过是为了揭示舞者美的存在，像几片白云说明天空的深蓝；它不过是为了衬托舞者美的形象，像流水绕过幽静的山风。在舞台上，作为外形之物，无论是先天的人体，还是后来补充的服饰，在形、体、色、质上都有极美的苛求，真可谓"四美具，二难并"，从而汇成一种更理想、更美的"形"。为了表示飞动，西方艺术中有一种小天使，是胖墩墩的孩子，两腋下却生出一对肉翅，显得十分生硬。这何如我们敦煌石窟里的飞天，窈窕女子，肩垂飘带，升起在天空。人着衣披带本是很自然的事，但这自然的衣着，顿使沉重的人体化为轻捷的一叶，潇洒、舒展、轻盈、自如，满台生风。人外形的美、内蕴的美，都因那轻淡饰物的勾勒与揭示而成一种美的理想、美的憧憬而挥发开来。国画界有"以形写神"与"以神写形"之争，从这个角度观之，舞者真是用自己的外美之形来写内美之神了。

飘动的舞者，绝不是静止的雕像，所以造型美外，更讲情感，这便要借助音乐。本来，演员在那铃响幕启之前，是先在体内储满一汪情感的，上台后全待那乐声的煦风拂来，才摇曳荡漾、粼粼生辉。乐声之于舞，如松涛上的清风，如干柴上的火焰，如桂树林间的香馨，如钱塘江面的大潮。当我们耳闻乐声而目观舞台时，更多体味的已不是形、色、物、体，而是神，是情，是韵，是一种充蕴全场、流动飘浮、深幽朦胧的美，是一种逆接千古、延绵未来、辽阔久远的美。当斗牛士的乐曲响起时，那狂热的西班牙舞步，便是催人上阵的鼓点，我们激动、亢奋，仿佛一场决斗就在眼前；当《康定情歌》飘过时，那冉冉的舞影，便是夏日给人小憩的阴凉，我们的心头一片静谧、惆怅，就像仰卧在康定草原上，看月亮弯弯。这时，长袖在台上飘动，音符在空中隐现，舞者所内蕴外观的美，一起随着乐声溶为一股感情的潮流，在观众的前后左右穿流激荡。对观众来说，现在已不是观看，而是在闭目听、凝神想，用心、用身去与演员交流了。这时再看台上的演员，观众已经绕过直观而通过她心灵深处的那一泓秋水，在波光中照见了一个是她但比她更美的形象，这便又是以神写形了。

我们知道，在客观世界里，存在着许多美：大自然千姿百态的美；几何图形整齐组合的美；孩童天真烂漫的美；中年人精壮强健的美；老者深熟沉静的美；美术家的色彩线条美；音乐家声音和谐的美；连被一般人认为最刻板的自然科学，也有它的"工程美"；连最枯燥的哲学，也有它的"哲理美"。这些美都是不同的人在各自不同的环境与条件下，乐而自得的。而舞蹈，是一种真正以生命自身来塑造的艺术，因此它也最有灵性。

舞者，是一面镜子，能照出各人的影；舞姿，是一阵风，能拂动各人的情；舞台，是一面大的雷达，能接收与反射各人的思想。当我们在大剧场里落座，四周灯光渐暗，乐声轻起，台上演员翩跹起舞时，我们便一下获得了一种共同的美。你看她一笑一颦、一起一停、一甩手投足，挺拔、秀丽、高朗、愁忧，仿佛社会上一切美的物、美的情，这时全都聚在她的身上，成一团美的魅力。她早已不是她自己，而是一位法力无边的美神。她翻起人们的回忆，惹动人们的情思，牵动整个美的世界。这时平日里在你心中储存着的一切美好的形象，清风明月夜，风和日丽春，小桥流水，百鸟啭鸣，都会突然闪现在你的眼前，泛起在你的脑海。刹那间，美的信息开始了奇妙的交流。

本来，舞蹈就是因人内心情感的摇荡而不由得手舞足蹈。明月当空，花间的李白无亲自怜，便起舞弄清影，举杯邀月；大江上的曹操有雄兵百万，就横槊赋诗，酾酒江心。怀素和尚观公孙大娘一舞而得书法之精妙，杜甫观公孙弟子之舞而有华章传世。人们与其说是在欣赏舞蹈，不如说是在发现与升华自己潜在的美的意识、美的素养。因为，无论是演员还是观者，他们都是最有灵感的高级生命。虽说表演艺术中还有话剧，但它主要是台词；还有戏曲，但它主要是唱腔；还有电影，那便更要借助许多手段。只有舞蹈是纯粹靠人的外形与内蕴。它的美，实在是特别的。

（文章收入本书时有删改）

悦读指津

内外兼美，是艺术美的最高境界，这种美表现在舞蹈艺术中，则由舞者在舞姿中充分展现出来：艺术美，造型美，更有情感美。当启幕的铃响后，舞者对舞蹈的理解和情感已酝酿待发；上台后，舞蹈的艺术美与情韵美便由舞者完美诠释。闭目听，凝神思，用心感受，舞蹈之美，便在这一瞬间得到升华。

中国结

蔡显良

中国结是中华民族独有的文化符号,具有丰富的内涵。

古代人很重视玉,所谓"君子必佩玉"。人们用绳将玉器绞连佩带,作为装饰,象征抽象的道德观念;在剑柄上装饰一个法轮结,含有弃恶扬善之意;在烟袋上装饰一个蝴蝶结,因为"蝴"与"福"谐音,预示福在眼前,福运迭至;端午时用五彩的线编成绳,戴在小孩脖子上辟邪,叫作"长命缕"。这些都来自于"结"的无声祝福,为人们所喜闻乐见。

古诗中有"著以长相思,缘以结不解。以胶投漆中,谁能离别此"的句子。用"结不解"和"胶投漆"来形容感情的深厚,其中并无丝毫悲凉感伤,却深含"盘结"的寓意。"盘"和"蟠"同音,表示曲,又通"磐",表示坚固。"盘长"就是盘回流长之意了。盘长结的基本形式是中心作编织状,外面近似菱形,抽头八出,出现八个环节,又称"八吉",因此,盘长结又被赋予"八吉祥"之意。中国人常用"结"来表达感情,小小的绳结已超越了自身的使用功能,具有表情达意的价值。

中国结的编法,主要是靠一双巧手,用绾、结、穿、缠、编、抽等多种工艺技法循环有序地变化而来,其最大特点就是每个结从头到尾都是用一根丝绳来完成的,而且成品的造型是上、下、左、右都对称。结艺可分为两大类:吉祥结和服饰结。吉祥结古时候常用在庙宇的帐幔和僧人的袈裟上,因人们认为它能够辟邪消灾、逢凶化吉而命名;服饰结主要用于人们的衣着和装饰品上,如腰带、手链等。人们根据基本结的性能和意义来命名,并用其他表示吉祥的图案饰物来一起搭配组合,编织出各种各样的结艺饰品。一般来说，用来结艺的丝绳有100厘米长、4毫米～6毫米粗。在编织中国结时，最主要的材料是线。线的种类很多，过去主要有丝、棉、麻，现代种类更多了，包括尼龙、混纺等，不仅色泽更加亮丽，耐用度也大大提高。究竟采用哪一种线，要根据所编织的结的用途而定。

用来编结的绳的纹路愈简单愈好，纹路复杂的线，虽然单看绳线很美观，用来编结却不合适，不但纹式失色，绳线本身的美感也会被淹没。线的粗细，要视饰物的大小和质感而定。形大质粗的首选粗线，形小质细的宜选细线。线的硬度也要适中，若线太硬，会给编结者增加难度，结形也较生硬；若线太软，编出的结形轮廓不清晰，结形不挺括，不能体现线条的韵律美。一件结饰要讲究整体美，不仅要用线恰当，绳结的线纹要平整，结形要匀称，还有结与饰物的关系也要协调。选线要注意色彩，若与古玉一类的古雅物件配编中国结，应选择含蓄的色调，诸如咖啡色或墨绿色；若为一些色彩单调、深沉的物件编中国结，夹配少许金、银或亮红等色调醒目的细线，立刻就会使整体结饰有栩栩如生之感。除了用线，一件结饰往往还包括镶嵌的圆珠、管珠等坠子，以及各种金银、玉石、珐琅等饰物，如果选配得当，整体上就更加璀璨夺目。

如今，中国结仍然流行，随处可见时髦女郎身着的中式服装上精致的盘扣，让人不禁倾心于古老的东方神韵。中国结这一传统的手工编织艺术，与现代生活相结合，生发出多种现代审美意蕴，给人带来了无限的艺术情趣和生活美感。

（文章收入本书时有删改）

悦读指津

拥有"东方神韵"之称并具有丰富内涵的中国结，以同心结、盘长结等多种形式，结出了中华民族独有的文化符号。"结不解""胶投漆"——一双中华巧手，把一种表情达意的信物与人民生活结合起来，于一盘一结中，生发出许多现代审美意蕴，从而在博大精深的中华大地上凝结了吉祥、团结、浓郁的"中国情结"。

敬告作者

本系列图书编选文章的范围比较广泛，选编者们经过多方努力，还是与一部分作者（译者）无法取得联系，敬请作者（译者）或著作权享有人予以谅解。敬请作者（译者）或著作权享有人与我们联系，以便寄奉样书或支付稿酬。

联系人：万女士
电话（传真）：010-68403097